失　踪

小杉健治

集英社文庫

本書は、集英社文庫のために書き下ろされた作品です。

目次

失踪

第一章　竹田城

1

鶴見京介《つるみきようすけ》が事務所の入口まで出迎えると、鬢《びん》に白いものが目立つ瘦身の男が立っていた。黒縁のサングラスが細面の顔に似合っている。六十七歳とは思えぬほど、背筋が伸びて若々しい。中学時代の恩師である夏川陽一郎《なつかわよういちろう》だ。

「先生、お久し振りです。よくいらっしゃってくださいました」

「やあ、元気そうだね」

陽一郎は帽子を脱いだ。やや厚手の縞柄《しまがら》の長袖シャツにベスト、片手にリュックとダウンジャケットを持っていた。

「はい。さあ、どうぞ」

札幌市内にある札幌中央第二中学校の二年と三年の担任が夏川陽一郎だった。当時は五十前後ですでにベテランの社会科教師だったが、若い教師に負けないくらいの熱血漢だった。

「急で、悪かったな」

いっしょについてきた中学の同級生だった谷岡茂明《たにおかしげあき》が京介に言う。

「いや、よかったよ。先生にお会いできて」

京介は奥の自分の執務室に案内した。新しく入ってきた牧原蘭子《まきはららんこ》弁護士の部屋の前を通る。

陽一郎と会うのは三年ぶりだ。正月に仲間と陽一郎の家に挨拶に行くのが恒例になっていた。

だが、京介はここ二年、正月に実家に帰らず、東京のアパートに裁判資料を持ち帰って読んでいる。

「どうぞ」

京介は部屋に案内した。大机に簡単な応接セットがある。

「ここが君の？」

谷岡が無遠慮に室内を見回す。窓が小さい。

「倉庫代わりに使っていた部屋なんだ」

京介はきまり悪そうに言う。

「いや。上等だよ」

陽一郎がにこやかに言い、

「柏田《かしわだ》先生はいらっしゃるのかな。あとでご挨拶していこう」

京介は東京の大学の法学部に入って四年のときに司法試験に合格し、大学を卒業後に二年間の司法研修生の生活を経て、この虎ノ門にある柏田四郎《かしわだしろう》法律事務所で世話になることになった。居候《いそうろう》弁護士だ。

「先生、このたびは文部科学大臣表彰、おめでとうございます」

京介は祝福の言葉を述べた。

「いや。まだ推薦の打診があっただけだ。決まったわけではない」

「でも、推薦されれば決まったも同然でしょう」

文部科学大臣優秀教職員表彰は優れた成果を上げた教職員を表彰するもので、知事、あるいは教育委員会などの推薦によって決まる。

「今回も辞退しようとしたのだが、それも難しくてね」

陽一郎は苦笑した。

陽一郎は十年前にもこの表彰の推薦を受けたが辞退したのだ。ちょうど、その頃、札幌中央第二中学校を定年前に辞め、私立の高校に乞われて行くことになっていた。私立高校に就職する人間が表彰されるわけにいかないという理由だったが、ほんとうはまったく興味がなかったようだ。

「でも、先生が札幌月夜野《つきよの》高校を今のような進学校にしたんじゃないですか。十年前までは落ちこぼれが行く高校で、悪《わる》ばかりが集まるという評判だったんですから」

谷岡が称賛する。

「なにも私ひとりの力ではないよ」

陽一郎は受け流すように軽く手を振る。

「いいえ、谷岡の言うとおりです。私は先生の教え子だったことに誇りを持っています。みんなそう思っているんじゃないですか」

京介は本気で言う。

「表彰式は東京で行なわれるんですよね。そのときは皆でお祝いをします。幹事は私にやらせてください」

谷岡はその気になっている。

「私は派手なことは苦手だよ」

陽一郎はくすぐったそうだ。

「私は中学時代はおとなしく、あまり目立つ生徒じゃなかったのですが、先生はそんな生徒も温かく見守ってくれました。先生のおかげで自分もクラスの一員なんだと思えました。そういう先生の教師としての姿勢が評価されたのですから、私はとってもうれしいです」

京介は素直な気持ちを述べた。

「鶴見の言うとおりです。俺はやんちゃだったから、先生を手こずらせたけど、決して見捨てはしなかった。クラスの一人一人に親身に接してくれました。皆思い思いに先生には感謝しているんです」

「私にとって恩師と言えるのは夏川先生だけです」

「おいおい、きょうはそんなことを聞きに来たんじゃない」

「そうですね。鶴見の弁護士振りを見に来たんですよね」

「そうだ。私のことでなく、鶴見くんのことを聞かせてくれないか」

陽一郎は微笑《ほほえ》んで、

「君、結婚は？」

と、きいた。

「いえ、まだ。弁護士として一人前になってからと思っています」

「もう一人前じゃないか」

谷岡が陽一郎に顔を向け、

「先生、こいつは見かけは頼りなさそうですけど、弁護士としてはたいしたものです」

ちんまりとした顔は青白く、やや長髪で、大学生のような雰囲気なので、京介は依頼者からいつも頼りなさそうに思われる。だからといって京介は肩肘を張ったりしない。

自分のペースを乱さない。

「自腹でも弁護活動をして、これまでにも何度か冤罪《えんざい》事件の犠牲者を救ってきているんです。そういう意味じゃ、夏川先生の精神を受け継いで実践しているのは、鶴見が一番かもしれません」

「それは言い過ぎだよ。ただ、弁護士として……」

「ほら、そんな謙虚なところも先生にそっくりだ」

「鶴見くん。立派になって、私もうれしいよ。谷岡くんだってたいしたものだ」

「いやあ」

谷岡はうれしそうに笑った。

谷岡は全国紙の毎朝新聞の記者で、文化面を担当している。

「今度、先生のことを新聞で取りあげたくて、先生に交渉しているんだが、先生はいい返事をくれないんだ。でも、うちの部長は諦めないって言ってます」

「先生。我々のためにもぜひ取材を受けてください。先生のような教師がいるということをたくさんのひとに知ってもらいたいんです」

京介は熱心に言う。

「先生、お願いします」

谷岡が頭を下げた。京介も真似る。

「君たちには敵《かな》わんな」

「では、引き受けていただけるんですね」

谷岡は身を乗り出した。

「そうだな。君たちにそこまで言われたのでは仕方ないな。旅から帰ってきたら、改めて連絡をする」

陽一郎はやさしい眼差しで応じた。

「先生、今回はどちらに？」

「竹田城《たけだじょう》だ」

「竹田城って、兵庫県にある天空の城ですか」

「そうだ。まだ、元気なうちに行っておこうと思ってね」

陽一郎は城巡りが趣味で、各地の城を訪ねている。

「雲海に浮かぶ山城《やまじろ》か。いいな」

谷岡が目を細めた。

「雲海は秋から冬にかけてのこの時期なのだが、朝早くしか見られないのでね。……まあ、時間的に言って、雲海は見られないだろう」

「そうですか。それは残念ですね」

「いや、天空の城として有名だが、私が城巡りの最後の仕上げに竹田城を選んだのはそればかりが理由ではないんだ。竹田城は播磨《はりま》・丹波《たんば》・但馬《たじま》の交通の要地で、羽柴秀吉の但馬攻めのときには弟の秀長を城代にしているほどの重要な城だった。だが、関ヶ原の戦いのあとは廃城になった。その後は生野代官所の支配下になってね。近くに生野銀山があり……。あっ、すまない。つい夢中になって」

「ここで先生の歴史の講義が聞けるなんて、うれしいですよ」

京介はわくわくして言う。

「ほんとうです。先生にお会いする楽しみのひとつが歴史の話を聞くことでしたからね」

谷岡もうれしそうに言う。

「それより、先生。城巡りの最後の仕上げにと仰《おつしや》いましたが、もう城巡りはしないのですか」

「歳《とし》を考えてね」

「先生はお元気じゃありませんか。まだまだ続けて頂きたいです」

「そうだね。竹田城についてあのように言ったが、じつは天空の城としての興味も十分にあるんだ。雲海に浮かぶ城は備中松山城で見たが、幻想的だった」

「先生のお宅にお邪魔したとき、応接間に飾ってある、雲海に浮かぶ備中松山城の写真を見ました」

京介は思いだして言い、

「そう言えば、美礼《みれい》ちゃん、大きくなられたでしょうね」

「来年、中学だ」

「もう、中学生ですか」

美礼は陽一郎の孫である。孫は三人いて、陽一郎は可愛《かわい》がっていた。

「先生、そろそろ」

谷岡が言うと、陽一郎は壁にかかっている時計を見た。

「もう、こんな時間か」

「何時の新幹線ですか」

「四時過ぎだ」

これから新神戸まで行き、一泊して明日の朝、特急で竹田城のある朝来《あさご》に向かう。

「神戸のお泊まりは？」

「三宮《さんのみや》のビジネスホテルだ。学生時代の友人と夕食をいっしょにすることになっている」

陽一郎は、昨日十月八日の朝、飛行機で札幌から東京にやって来た。昨日は東京にいる今の高校の卒業生たちと会い、きょうわざわざ京介に会いに来てくれたのだ。

「いつお帰りなのですか」

「明日の夜は城崎《きのさき》温泉に泊まって、それから次の日は丹後半島から天《あま》の橋立《はしだて》まで行ってみようかと思っている。そのときの気分次第だが、休暇は月曜日まであるのでね」

陽一郎は笑った。

月曜日は体育の日の祝日だ。

「先生、そろそろ行きましょうか」

谷岡が立ち上がった。

「すみません。お見送りに行けずに」

京介が謝る。

「いいんだ。谷岡くんにも、気にするなと言ってあるんだ」

「いえ、東京駅までごいっしょさせてください」

谷岡が哀願するように言う。

「すまないな」

「とんでもない。こっちが勝手に行きたいだけですから」

谷岡は真顔で応じる。

部屋を出た。

京介は柏田の部屋の扉を見る。在室の印は出ていなかった。

「柏田先生はまだ帰っていらっしゃいません」

「そうか。また、ご挨拶する機会もあるだろう。よろしくお伝えして」

陽一郎は出口に向かった。

陽一郎と谷岡を廊下まで見送って部屋に戻ると、黒縁の眼鏡をかけた牧原蘭子が自分の部屋から出てきた。

「今の方、鶴見さんの恩師なのですか」

眼鏡の奥の黒い瞳を丸くして、蘭子が言う。

所長の柏田四郎の知り合いの娘だ。グレイのスーツで地味に装っているが、眼鏡を外し、ひっつめた髪をとくと華やかになり、まったく別人になる。

「中学時代の担任の夏川先生です」

「そう。少しお歳だけど、ダンディーで素敵なおじさまね」

「おじさま？」

「あら、ごめんなさい。素敵な紳士という意味」

蘭子は軽く舌を出した。

「札幌から出ていらっしゃったんですか」

「休暇をとって、竹田城に行くそうだ」

「まあ、竹田城？　天空の城ね。私は去年行ったわ」

「行った？」

「ええ。雲海は見えなかったけど」

「そうか、君は歴史が好きだったね。竹田城に行ったのか」

京介はなぜかため息がもれた。陽一郎が満を持してこれから行こうとしているところに、蘭子はすでに行ったという。

「あら、どうしたんですか」

「いや、なんでもない」

あわてて、首を横に振る。

「備中松山城は行ったの？」

京介は張り合うようにきいた。

「まだなんです。行ってみたいと思っているんですけど」

「そう、先生は何年か前に行ったそうだ。そのとき、雲海を見たそうだよ」

なぜ、陽一郎のことでむきになったのか、自分でもよくわからない。

「鶴見さんはお城は？」

「好きだよ。最近では熊本城、小倉城、赤穂城《あこうじょう》と行ったけど」

「備中松山城は？」

「いや、まだだ」

「じゃあ、今度いっしょに行きません？」

「えっ、いっしょに……」

京介はどぎまぎして返答に窮した。

「いいでしょう。ねっ、行きましょう。約束よ」

そう言って、自分の部屋に戻った。

京介も部屋に戻ったが、机の前に座ってもまだ心が騒いでいた。

2

その夜、吉森祐三《よしもりゆうぞう》は学生時代の友人の夏川陽一郎と五年ぶりに再会した。中華街から離れた場所にある家庭的な雰囲気の広東《カントン》料理屋だ。ガラス戸を開けるとすぐカウンターで、壁にはたくさんのメニューが貼ってある。

一度、知り合いに連れられてやって来てから、吉森は気に入って何度も足を運んでいた。今夜は陽一郎とカウンターに並び、ビールで久し振りの再会を祝した。

ふたりは東京の大学でいっしょだった。大学一年のときに出会ったが、すぐに親しくなったわけではない。

スマートな陽一郎に、なぜか反発するものがあった。色白で目鼻立ちの整った甘い顔立ちが気に食わなかった。

　無骨でいかつい顔をした吉森とはまったく正反対の容貌をしていた。女の子がきゃあきゃあ騒ぐことも面白くなかった。

　三年のとき、同じゼミでいっしょになり、なんとなく言葉をかわした。どっちから声をかけたのかわからないが、そのとき、ふたりは並んで同じゼミのひとりの女子学生を見ていた。

「あの娘《こ》。俺たちのどっちを見ているんだろ」

　その前に何か言葉を交わしたが、覚えていない。ただ、そう言ったのは陽一郎だった。吉森はその女子大生が当然、陽一郎を意識しているのだと思っていた。色白の二枚目とごつい男。どっちが女に気に入られるか考えるまでもないことだった。だから、その言葉を聞いたとき、ばかにされているのかと思った。

「なんだって？」

「あの娘。こっちを意識している。きっと君を見ているんだ」

「おい、俺をからかっているのか」

　吉森は憤然と言った。

　すると、陽一郎は不審な顔をして、

「どうしたんだ？」

と、きいた。

「今、なんて言った？」

吉森は睨《にら》みつけて言う。

「今？」

陽一郎は首を傾《かし》げ、

「怒らせるようなことを言った覚えはないよ」

「あの娘。こっちを意識している。きっと君を見ているんだ。そう言ったな」

「ああ、そうだよ」

「なぜ、そんなことを言うのだ？」

「だって、君を見ているから」

「ふざけるな。女が俺を意識するはずない。おまえを見ているに決まっているじゃないか。それを……」

「どうして、そう決めつけるんだ。あのような女性は俺のような男より君のほうが好みのはずだ。じゃあ、きいてくる」

陽一郎が立ち上がろうとした。

「待てよ」

吉森は腕を摑《つか》んで引き止めた。

「俺に恥をかかせようっていうのか」

「そんな気はないよ」

陽一郎はほんとうに女のところに行こうとした。

陽一郎が決してからかって言っているのではないことに気づいた。あとで、陽一郎はこう言った。

「俺は君のような、野性的なたくましさに憧れているんだ」

いかつい顔で女に好かれないと勝手に思い込んでいたが、そのひと言は吉森に勇気を与えた。

女は田島勢津子《たじませつこ》と言う。彼女がこっちを見ていたのは、吉森が気にしてちらちら見ていたからだ。だから、彼女は吉森の視線を感じてこっちを意識していたのだ。

そんなことがあって、吉森は陽一郎と急に親しくなった。

吉森と勢津子は、卒業後結婚した。

「どうしたんだ、急に黙り込んで？」

陽一郎の声に我に返った。

「ああ、すまない。君と親しくなった頃のことを思いだしていたんだ」

いつの間にか、注文した焼き豚や青菜の炒《いた》めものが目の前に出ていた。

「五十年近い昔だな」

なぜ、思いだしたのか。勢津子が思いださせたのだろうか。

「もう、五年か」

陽一郎も勢津子のことを思いだしたようだった。

「ああ、五年だ」

勢津子がくも膜下出血で急死したのは五年前だった。

「今まで黙っていたんだが、倒れてほとんど意識のなかった勢津子が、一度微《かす》かに何かを口にした」

吉森は切り出した。

「何を言ったと思う？」

「いや、わからない」

「そうか」

吉森は残っていたビールをいっきに呑《の》み干して、

「勢津子は息を引き取る前に、君の名を呼んだ」

「…………」

「何か言いたいことがあったんだろう」

陽一郎の顔が強張《こわば》った。まるで、恐ろしいものにでも出会ったように顔を引きつらせた。だが、それは一瞬だった。

「きっと、俺に君のことを頼むと言いたかったんだ」

陽一郎は元の穏やかな表情に戻った。

「君ならそう言うと思っていた」

吉森は苦笑いを浮かべた。

「そうだからそうだと言っているんだ」

「勢津子の本心がどこにあったかわからないが、俺は勢津子と結婚して仕合わせだったと思っている」

たとえ、勢津子が陽一郎への想いを隠して自分と結婚したのだとしても、好きな女と人生をいっしょに過ごせ、子どもにも恵まれた。

「今は、娘さん夫婦といっしょに暮らしているんだったな」

話を逸《そ》らすかのように、陽一郎はきいた。

「ああ、肩身を狭くしてな。去年、体調を崩したんだ。ひとり暮らしは心配だからって」

勢津子がいなくなった家で四年間暮らしたが、去年軽い脳梗塞で倒れた。幸い、処置が早かったので何の後遺症もなかったが、ひとり暮らしは心配だからと、娘夫婦に引き取られたのだ。

「前の家にいたら、今夜君にホテルなどとらせやしなかったんだが……」

勢津子との思い出の詰まった家は今は人手に渡っている。

「もういいのか」

陽一郎がきいた。

「体か。もうなんともない。ただ、今度は転んで足を痛めた。歳はとりたくないものだよ」

吉森は微かに自嘲し、

「さあ、食おう。味は絶品だ」

と、先に箸をつけた。

「うむ。うまい」

陽一郎は青菜の炒めものを口にし、次に焼き豚に箸をつけた。

「病み付きになるのはわかる」

陽一郎は満足そうに笑う。

「だろう。あと、スペアリブもうまい」

「牡蠣《かき》もいいな」

「よし、それと水餃子《すいギョーザ》だ」

吉森は亭主に注文してから、

「ご家族は変わりないのか。奥さんも元気か」

と、陽一郎の少し窶《やつ》れた顔を見る。二枚目だった面影はあるが、やはり歳は争えない。だが、まだ世間の同い年の連中よりは若々しい。

「ああ、家内も元気だ。活《い》け花《ばな》教室も順調のようだ」

陽一郎の妻女も教師で、定年後は活け花教室の先生になっている。息子も教師だから、教育者一家だ。

「君自身はどうなんだ？」

「この前の健康診断でも異状はなかった。少し血圧が高めだが、おかげさまで健康だけは自信がある」

陽一郎は微笑んだ。

「だろうな。そんな元気だから、竹田城に行こうって気になるんだ。かなり、歩くんじゃないのか」

「登山道があるようだが、さすがにそこまでの自信はないから、駅前からバスに乗る。駐車場から二十分ぐらいだ。登り道だから、少しきついかもしれない。行けるうちに行っておきたいのでな」

「そう、そのほうがいい。俺も足がだいじょうぶなら、いっしょに行きたいところだ」

「残念だな」

陽一郎は顔をしかめた。

「どうする？　まだビールか。それとも紹興酒《しょうこうしゅ》をもらうか」

吉森は残り少なくなったジョッキを見てきく。

「そうだな。もう少し、ビールで」

「わかった」

吉森はビールを頼んでから、

「ところで、今度は受けるのだろう」

思いだしたようにきいた。

「表彰か。ああ、そのつもりだ。俺は別に欲しくはないんだが、教え子たちが喜んでくれ、誇りに思ってくれるならいただいておこうと思ってな」

「そうだ。君にはたくさんの教え子がいる。その子らのためにも、もらったほうがいい。こういう先生に教わったのだというのは、今後生きていく上で大いに励みになる」

吉森は力説した。

「そうだな。それにしても、君と付き合って四十六年経つのか。人生はあっという間だ」

「うむ。若い頃は、こんな歳になるとは想像もつかなかったよ」

「うむ」

「君は若い頃からもてた。だから、おもしろおかしく過ごせたろうに、結婚してから、浮いた話はまったくなかったな」

「俺は教師の仕事一筋だった。そういう生き方しか出来なかったんだ」

大学を卒業後、陽一郎は東京江戸川区の公立中学の国語の教師になった。その頃は、いろいろな女性達と付き合っていた。

学生時代からのガールフレンドも多く、生徒の母親から言い寄られたことも何度もあったらしい。

その学校から他の中学に転任になり、二十七歳のとき、突然教師を辞めて、札幌に帰った。

生徒の母親との不倫がバレて、学校にいられなくなったという噂が立ったらしい。しかし、それは、突然辞めた理由を、周囲が勝手に臆測したものだった。

「おふくろの具合がよくないんだ。だから、傍《そば》にいてやろうと思ってね」

父親はすでに亡くなって、母ひとり子ひとりだった。

陽一郎は札幌に帰った。そこで札幌の公立中学の教師になった。爾来《じらい》、三十年間公立学校の教師を務め、その後、乞われて私立月夜野高校に移って十年。月夜野高校を立て直した。

「君は札幌に帰って正解だった」

吉森がしみじみ言う。

「そうだな。まがりなりにも教師の人生を全う出来たからな。いや、まだ終わったわけじゃないが、よくぞここまでやってこれたという思いはある」

珍しく、陽一郎は感傷的になった。

「海老ワンタンを食おう」

吉森は大きな声で頼んでから、

「明日は何時だっけ」

「三ノ宮、九時五十七分だ」

「それなら、もっと呑もう。紹興酒を」

吉森はなぜか、今夜は陽一郎と別れ難かった。


翌土曜日の朝、吉森が三ノ宮駅の改札の前に行くと、すでに陽一郎は来ていた。帽子をかぶり、黒縁のサングラスをかけている。相変わらずのダンディーさに眩《まばゆ》い思いがした。

「やあ、わざわざ来てくれてわるかったな」

陽一郎が笑いかけた。

「まだ、頭が痛い」

吉森は苦笑した。

昨夜は広東料理屋を出たあと、陽一郎が宿泊する三宮オリンパスホテルの近くにある居酒屋で、今度は日本酒を呑んだ。

「無理しなくてよかったのに。でも、昨夜は楽しかった。礼を言うよ」

陽一郎がにこやかに言う。

「ああ、俺も楽しかった。あんなうまい酒は久し振りだ。また、やりたいな」

「また、あの家庭的な中華料理を食べたい」

「ぜひ、来てくれ。そうだ、奥さんといっしょに来ないか。有馬《ありま》温泉もある。奥さんを喜ばせてあげろよ」

「そうだな。話しておく」

「うむ」

吉森は時計を見て、

「ちょっと入場券を買ってくる」

と、券売機に向かった。

いっしょにホームに上がる。陽一郎は特急『はまかぜ1号』の指定券をとってあった。

「少し曇っているが、雨の心配はなさそうだ」

吉森は空を見た。

やがて、『はまかぜ1号』が入ってきた。

「じゃあ、また。楽しかった」

陽一郎が握手を求めてきた。

「ああ、またな」

吉森も手を差し出す。

「元気でな」

珍しく、陽一郎が力いっぱい握ってきた。

「君も」

吉森も握り返す。

列車に乗りこむ陽一郎に、

「夏川、竹田城の話を聞かせてくれ」

扉が閉まった。声が聞こえたのかどうかわからない。

列車が動きだした。夏川が軽く手を上げた。吉森は大きく手を振った。

列車が見えなくなっても、吉森はホームに佇《たたず》んでいた。


吉森は三ノ宮駅から生田区にある娘夫婦の家に帰り、自分の部屋に入った。二日酔いで、まだ頭が痛む。

ふとんにもぐるとすぐ眠りに落ち、目が覚めたときは部屋の中が薄暗くなっていた。時計を見ると、午後五時になるところだ。

陽一郎は城崎温泉に着いたのだろうか。

『はまかぜ1号』が竹田駅に着くのが十一時四十三分。どこかで昼飯を食って、バスで竹田城に向かう。再び、竹田駅に戻ってくるまで三時間もあれば十分だろう。

午後三時には駅に戻り、城崎に向かったはずだ。吉森は陽一郎の携帯に電話をかけた。出なかった。

夕食後、もう一度電話をかけた。やはり出なかった。

(どうしたんだろう)

吉森の心に微かに影が差した。

翌朝、もう一度、携帯にかけた。やはり、出ない。マナーモードにしたままで気づかないのだろうか。

「おとうさん、どうしたの？」

亭主の今村一樹《いまむらかずき》がゴルフに行くのを見送ってきた娘の芳美《よしみ》が吉森の部屋を覗《のぞ》いた。

部屋の真ん中で、吉森は携帯を持ったまま突っ立っていた。

「だいじょうぶ？」

芳美が部屋に入ってきた。

「夏川が出ないんだ」

「出ない？　携帯に？」

芳美も首を傾げた。芳美は四十になり、ますます母親に似てきた。高校生の息子が大学進学で東京に行くことを目指している。

「そうだ。昨日から掛けているんだが」

「わざと誰からの電話にも出ないんじゃないかしら。だって夏川のおじさまって、旅にどっぷり浸るタイプでしょう。きっと、俗世間から離れるために、携帯をリュックの底にでも押しこめたんじゃないの。私の知り合いにもそんなひとがいるもの。携帯が鳴ったら、旅情がいっぺんに壊れるからって」

「………」

確かに全国どこに行っても、携帯は通じてしまう。旅の情緒を楽しむために、携帯をリュックの底に仕舞っておくというのも考えられなくはない。

山城の竹田城で、携帯が鳴って俗界と通じ合うのは興ざめかもしれない。しかし、宿に入ってからはどうだ。携帯を見ようとは思わないのだろうか。

昼前に、もう一度、電話をした。

「もしもし」

今度は出た。

「吉森だ。出ないから心配したよ」

「もしもし、あなたはこの携帯の持ち主のお知り合いですか」

「あなたは？」

吉森は胸がドキドキした。

「竹田城のボランティアのものです。この携帯が竹田城の登り口の第二駐車場付近に落ちていました」

「落ちていた？」

「はい。さっき、観光客のひとが拾って、我々に届けたものです」

「そうでしたか。私はその携帯の持ち主である夏川陽一郎の友人です。きのう夏川はひとりで竹田城に出立したんです。携帯に電話をしても出ないので心配していました。そうですか、携帯を落としてしまったんですね」

だが、妙だと思った。

「携帯を落としたと、夏川からの問い合わせはありませんか」

「まだ、ないようです。いちおう、携帯は明日まで預り、あとは拾得物として警察に届けます」

「わかりました。よろしくお願いいたします」

吉森は電話を切った。

陽一郎は携帯を落としたことに気づいているはずだ。あちこちに電話をして探しているのか。

きょうは携帯を探しに竹田に戻ったか。それとも、携帯に執着せず、そのまま先に向かったか。

夕方になって、もう一度、携帯に電話をかけた。だが、出なかった。まだ、陽一郎の手元に戻っていないのか。

3

十月十五日の木曜日。京介はマンションの管理費を巡るトラブルの民事裁判を終え、地裁から虎ノ門の事務所に帰ってきた。

事務の女性が、

「谷岡さんがお待ちです」

と、伝えた。

彼女は谷岡が京介の友人であることを知っていた。

谷岡から携帯に電話があったのは地裁に着いたときで、今、裁判所だと言うと、事務所で待っているということだった。

部屋に入ると、谷岡が応接セットのソファーで待っていた。

「待たせてすまない」

京介は机に鞄《かばん》を置き、テーブルをはさんで谷岡と向かい合った。谷岡の前に茶が出ていた。

「何かあったのか」

難しい顔をした谷岡が口を開こうとしないので、京介はきいた。

「夏川先生が帰っていないらしい」

「………」

意味が掴めず、谷岡の顔を見た。

「竹田城に行ったきり、札幌の家に戻っていないようなんだ」

「どういうことだ？」

京介は身を乗り出した。

「きのう、坂島《さかじま》から電話があったんだ」

坂島も同級生で、札幌の中学校で教師をしている。夏川先生みたいな教師になりたいと、陽一郎を信奉する男だ。

「先生のところに確認の電話をしたら、奥さんがそう言っていた」

「帰ってないってどういうことなんだ」

京介は俄《にわ》かには信じられなかった。

「詳しいことは俺にもさっぱりわからない。奥さんは旅先で事故に遭ったのではないかと心配されている」

「あっちで何かあったのか」

「いや、神戸支局と現地の警察に問い合わせたが、事故や事件の報告はない。ただ……」

谷岡は息継ぎをして、

「先生の携帯が竹田城の駐車場に落ちていたそうだ」

「携帯が？」

「奥さんの話では、先生は竹田城に行く前夜に学生時代の親友と会っていた。その親友が携帯に電話しても出なかった。すでに携帯を落としてしまっていたんだ。だが、その後、先生が携帯を探していた形跡がない」

「…………」

「まだ、一週間も経っていないからなんとも言えないが」

陽一郎が竹田城に行ったのは十日の土曜日だ。きょうは十五日の木曜日。消息を絶ってから五日だ。

「今回、先生の旅行の予定は何日だったっけ？」

「五日間だ。十二日までだ」

「すると、帰る予定からはまだ三日か」

京介は首をひねる。

「奥さんは警察に相談に行こうか迷っているらしい。高校のほうも困っているらしい。休み明けの十三日に大事な会議があったそうだ。今まで一度も会議に欠席したことはなかったのに、連絡がなかった。だから、何かあったのではないかと心配しているようだ」

「先生に特に変わった様子はなかったな」

京介は思いだして言う。

「そうだ。やっぱり、何か事故か事件に巻き込まれたのではないかと気になる」

谷岡は不安げな顔をした。

「でも、事故か事件の報告はないのだろう」

「ない。だが、まだ発覚していないだけかもしれない」

「しかし、五日経っている。事故か事件が起こっていたら、今頃は明るみに出ているはずだ」

「では、事故や事件に巻き込まれた可能性は排除出来るか」

「と、思う」

「そうだな」

谷岡はほっとしたように言う。事故や事件に巻き込まれたとしたら、身の危険がある。しかし、その可能性が薄いことに、京介もいくらか安堵《あんど》した。

「いったい、先生に何があったのだろうか」

谷岡はため息をつく。

「さあ」

京介も首を振る。

しばらく重苦しい沈黙が流れたあとで、

「竹田城で誰かと会ったのかも……」

京介は思いつきを口にした。

「誰かとは誰だ？」

「たぶん先生にとって大切なひとだろう。そのひとに誘われて、予定を変更した。だが、携帯を紛失したために連絡がとれなくなっている……」

「なぜ、携帯を放っておく？」

「先生はどこで失くしたのかまったく見当がつかなかったのかもしれない。列車の中か、あるいはどこか別の場所か。竹田城とは思ってもいなかったのでは？」

京介は考えられる可能性を述べた。

「もし、誰かと会っていたとしたら、どんな相手だろうな」

「わからない」

そこまでは想像出来ない。そう思ったとき、ふいに蘭子の言葉が蘇《よみがえ》った。少しお歳だけど、ダンディーで素敵なおじさまね。

「先生は女性には好かれるな」

京介は呟《つぶや》き、

「ひょっとして、女では……」

と、続けた。

「女？　先生に？」

谷岡は反論する。

「仮に、大事なひとに会ったとして、何日も音沙汰がないのはおかしい。先生はそんな無責任なひとではない。人一倍、家族を大事にしているんだ。そんなひとが家族に心配をかけるとは思えない。なにより、学校の会議も無断で欠席するなんて考えられない」

「でも、そこまでしてその女性に関わる必要があったのかも」

京介は女性にこだわった。

「女に会ったと決まったわけではない」

谷岡が怒ったように言う。

「俺は考えられる状況を話しているんだ」

京介は言い返す。

「わかっている」

「今も面影はあるが、先生は若い頃はかなりの二枚目だったようだ。激しく燃えた相手がいてもおかしくない」

「そうだが……」

「神戸の親友というひとは知っている？」

京介がきいた。

「いや、知らない。どうするんだ？」

「そのひとに、先生の昔のことをきいてみたい。そのひとに電話してみよう」

「坂島から奥さんにきいてもらおう」

谷岡は困惑した顔で、

「ほんとうに、先生に女性がいたんだろうか」

「いや。そんな女性はいなかったということを確かめるだけでもいい」

京介は自分に言い聞かせるように言う。

「そうだな。ともかく、今夜にでも電話する」

谷岡が引き上げたあと、京介は柏田に呼ばれた。

柏田の執務室に行き、大机の前に立った。髪は白く、顔に皺《しわ》が浮いているが、目の光は活力に漲《みなぎ》っている。

禁煙してから少し肥ったという体を起こして、

「君の恩師の夏川先生が旅行先からまだ帰っていないそうだね」

と、柏田はきいた。待っている間に、谷岡が何か話したのだろう。

「はい。竹田城に行ったあと消息を断って、五日経ちます」

京介は唇をかみしめた。

「心配だな」

「はい。ただ事故や事件の報告はないそうですから、それに巻き込まれた可能性はないようなので、安心しているのですが」

「他に心当たりは？」

「はい。竹田城で誰かと会ったのではないかと想像しました」

谷岡に話したことを柏田にも述べた。

「うむ」

柏田は難しい顔をして、

「その考えでいけば女性に限らず、過去に因縁のあった人間に出くわしたということもあり得るな」

「過去に因縁ですか」

「うむ。いずれにしろ、あと数日経っても音沙汰がなかったら、重大なことが起こっているると考えたほうがいい」

「はい」

京介は緊張した。

「だが、もし何らかの形で拉致か、それに近い形でどこかに連れ去られたのだとしたら、早いうちから調べたほうがいい」

柏田は続けた。

「行ってみるしかないだろう」

「えっ？」

「警察は事件性がなければ動くまい。誰かが現地に行って調べてこなければなるまい。君の友人の谷岡くんの話では、高校の重要な会議にも顔を出していないそうだ。夏川先生の人間性からいってあり得ないではないか。だとしたら、動きのとれない状況に置かれているのかもしれない。行くのは早いほうがいい」

「わかりました。そうします」

柏田は長年の勘で、容易ならざる事態であることを感じ取っているようだ。京介に竹田城へ行くように勧めた。

翌金曜日の午後、あとの仕事を牧原蘭子に頼み、京介は新幹線『のぞみ』で新神戸に向かった。そして、ホテルオークラ神戸の喫茶室に入ったのは午後五時だった。

ガラス張りの壁を背に座っている、六十半ば過ぎと思える男がこっちを見ていた。夏川陽一郎とはまったく正反対の、無骨な感じの男だ。

京介が近づいていくと、男は立ち上がった。

「吉森さんですか」

京介が声をかける。

「鶴見くんか」

「はい、はじめまして」

「さあ、座ろう」

京介は向かいに座った。

注文をとりにきたボーイにコーヒーを注文した。

「何時の新幹線で？」

吉森がきく。

「東京駅を一時過ぎに出ました」

「混んでましたか」

「いえ。意外と空いていました」

　吉森はコーヒーが運ばれてくるのを待っているのだ。大事な話に入ってから邪魔されたくないのだろう。

「吉森さんはずっとこちらなのですか」

「いや、五十歳まで東京にいた。その後、こっちの工場に異動になって、こっちで定年を迎えたんだ」

　吉森は大手の製鉄会社の本社に勤務をし、五十歳のときに支社長としてやってきたのだと話した。

　コーヒーが運ばれてきた。

「鶴見くんは中学校時代の教え子になるのかな」

　吉森がきいた。

「はい。中学二年と三年の担任でした」

「何年前になるのかな」

「十六、七年前です」

「すると、彼が五十歳頃のことだね」

「はい」

「卒業後も付き合いが続いているなんて、たいしたものだ」

吉森はしんみり言い、

「私が彼を見送って一週間になる。もはや、彼の身に何かあったとしか考えられない」

と、沈んだ表情になった。

「吉森さんには何も心当たりはありませんか」

「ない」

「前の夜、お会いになったときの夏川先生の様子に変わったところはありませんでしたか」

「いつもの彼だった。ただ、私たちは歳をとったのか、ずいぶん昔話をした。五年ぶりの再会だったせいか、なかなか別れ難かった。今から思うと、こうなることを感じ取っていたからかもしれない」

「先生が自ら失踪したということは考えられますか」

京介は思い切って口にした。

「まず、あり得ないだろう」

吉森は首を横に振った。

「彼には失踪しなければならない理由はない」

「私は、城めぐりの最後の仕上げに竹田城をえらんだと言われたことが気になっています。たとえばですが、今の高校で何か問題が生じて悩んでいたようなことは？」

「私立部門での優秀教師として高校からも推薦されている。奥さんとも電話で話したが、高校での勤務に何も問題はなかったそうだ。それから、私生活でのトラブルもない。彼は教育者としての人生を全うしようとしていた」

「はい。私も先生がトラブルを抱えるような方とは思えません」

「確かに、彼は若い頃は俺といっしょによく遊んだ。妬ましくなるほど、女性にもてていた。だが、二十七歳で札幌に帰って結婚してからは、ふらふらしなくなった」

京介は少し身を乗り出すようにして、

「やっぱり、先生は女性にもてたんでしょうね」

と、きく。

「なかなかの二枚目だったからね。学生時代から常に女の子が傍にいた」

「その中で、恋愛関係になった女性はいませんでしたか」

「そんなことは、二度や三度じゃなかった」

そう言ってから、

「昔のことが何か関係が？」

と、吉森は疑問を口にした。

「先生が自ら失踪したのでなければ、誰かといっしょにいる可能性があります。誰といっしょかを考えました」

京介は前置きをして、

「大胆な想像ですが、先生は竹田城で誰かとばったり出会ったのではないかと思ったのです。たとえば、昔の恋人。あるいは自分が捨てた女性……」

「その女性といっしょにどこかに行ったと？」

「そうです」

京介は吉森の顔を見つめる。

「いや。そこまで深く付き合った女性はいないはず。仮に過去に何かあった女性と再会したとしても、その女性だって六十は過ぎているでしょう。ふたりでどこかに行こうなどという情熱はないと思う」

「先生に失恋した女性との再会はどうでしょうか。その女性は先生に捨てられたため、不幸な人生を送っていた。先生は負い目があったから、女性の誘いに乗ってしまった……」

「そうだとしても、昔のことだ。いつまでも負い目を持っているとは思えない」

「そうですね。そうなると、女性の件はないということですか」

「ただ」

吉森は思いついたように、

「これもありえないことだが」

と、強調して口を開きかけた。が、言葉が続かない。

「どんなことでしょうか」

「君の考えを補強するならば……」

なおも、吉森は言いよどんだ。

躊躇《ちゆうちよ》している吉森を見て、京介はあっ、と思った。

「ひょっとして、先生の子ども……」

「いや、あくまでも可能性だ。もし、夏川が若い頃、ある女性を妊娠させた。だが、彼はその女性を捨てた。ところが、その母子と再会した。それならば、夏川は付いていくかもしれない」

吉森は言葉を切ってから、

「だが、夏川にそんなことがあったとは聞いていないし、そのような問題を起こしたことがあれば、私も気がつく」

と、断言した。

「吉森さんにもうまく隠したとは考えられませんか」

京介はあえてきいた。

「大学を卒業したあと職場は別々だ。だから、職場で起こったことはわからないが……」

「職場はどこだったんでしょうか」

「江戸川区の公立中学校だ。名前は覚えていない。二十七歳のときに札幌に帰ったから、東京での教師生活は五年間だ。その間も、ふたりでよく会っていたから、妊娠させていたら、私に相談したと思う」

妊娠させた女性と子どもがいたなら、もっと早い段階で明るみに出ていたのではないか。そう思うと、その線もなさそうだった。

「いずれにせよ、彼が自分から失踪したのでなければ、何者かと出会い、付いていったまま、いっしょにいるのかもしれない」

吉森は苦しそうな顔で続ける。

「自分の意志ででしょうか」

「そうだろう。まさか、軟禁されているわけではあるまい」

吉森はそう言ったが、すぐ疑問を呈した。

「ただ、そうだとしても、彼の性格なら周囲に迷惑をかけるようなことはしないはずだ。家族に心配をかけたり、学校に迷惑をかけたりはしない。仮に誰かといっしょでも、連絡ぐらいするはずだ」

「そうですね」

「それに、誰かといっしょだったとしても、いつまでもその状態を続けているとは思えない」

　吉森の表情がさらに暗くなった。

「悪く考えれば、病気だ。誰かの家に行ったまま、急病になった。だから、連絡出来ない。彼はいたって健康そうだったから、病気になるとは考えにくいが……」

　吉森は自分も脳梗塞に罹《かか》ったと話した。軽かったそうだが、それでも手術をして何日も入院した。

　陽一郎もその可能性があると、吉森は言う。吉森の話を聞きながら、陽一郎とは二度と会えないような不安に襲われた。

「いや、悪いほうばかり考えてしまったが、夏川には我らの気づかない事情があったのかもしれない。そのうち、ひょっこり帰ってくるんじゃないだろうか」

「警察が動いてくれれば、先生が竹田城で誰かと出会ったかどうかを調べてくれるでしょうが、事件性はありませんから」

　京介はそう言ってから、

「明日、竹田城に行き、先生の辿《たど》ったように歩いてみるつもりです」

「鶴見くん」

　急に、吉森が口調を変えた。

「はい」

怪訝《けげん》に思いながら、吉森の顔を見つめる。

「このままにしておいたほうがいいかもしれない」

「どういうことですか」

京介はきき返す。

「探さないほうがいいということですか」

「うむ」

「なぜ、ですか」

京介は迫った。

「じつは、私はねえ、夏川はひょっとしたら、自ら失踪したのかもしれないと思うようになってきたんだ」

「えっ」

「竹田城に行く前の夜、彼と五年ぶりに酒を酌《く》み交わしたが、昔のことが話題に出ることが多かった。歳をとった証拠といえばそうなんだが……」

吉森は眉根を寄せて、

「あのとき、私は妙に感傷的になっていた。彼と別れ難かった。今から思うと、彼もそうだったんじゃないかと思う。いや、彼がそうだから、私も感傷的になってしまったのかもしれない」

「…………」

「彼に失踪する理由などない。公私ともに充実している。家庭では孫にも恵まれ、奥さんとも仲良く、また仕事のほうも順調だ。落ちこぼれの高校をわずか十年で進学校にし、今度は文部科学大臣表彰を受けることになった。教え子たちから慕われ、同僚や父兄からは尊敬されている。彼の人生は絵に描いたように仕合わせそのものだ。これ以上、望むものはない。そうだろう」

「はい。そう思います」

「だが、もしかしたら……」

吉森は一拍の間《ま》を置き、

「それは、彼が望んでいた人生ではなかったのではないか」

「…………」

京介は声が出せなかった。

「彼は母親が病気になったこともあって、二十七歳で札幌に帰った。そこで結婚したが、東京での彼はもっと自由人だった。女性ともうまく遊び、人生を楽しんでいた。彼は自分が周囲の尊敬を集めるような立派な人間になりたいとは思っていなかったはずだ」

吉森はふっとため息をつき、

「もしかしたら、彼は自由になりたかったのかもしれない。一切のしがらみを捨て、地位名誉、家族をも捨て、ほんとうの自分に戻りたかったのではないか」

京介には戸惑いしかない。

「私たちは人生の最終コーナーに入った。そこで、こう思ったのだ。残された僅かな人生は自分のために使おうと」

「そんな」

京介はやっと声を出した。

「もしそうなら、彼の気持ちがわかるんだ。私もそういうときがあった。何もかも捨てて、ひとりになりたいとね。だが、私にはそんな勇気はなかった」

「先生は奥様を愛し、家族をとても大切にしておられました。その絆《きずな》を自ら断ち切ろうなんて、私には考えられません」

「まだ若いからだ。老いて、残りが見えたときに、はじめて気づく」

「では、先生はひとりでどこかへ行ってしまったと仰るのですか」

京介は抗議するような口調になった。

「歴史好きな夏川が珍しく今回の竹田城について話さなかったんだ。今から思うと様子がおかしかった。だが、心配しなくていい。時間が経てば、家族が恋しくなり、教え子たちの顔が浮かび、生徒たちのことが心配になってくる」

吉森はひと息ついて、

「必ず、彼は帰ってくる。一カ月先か、二カ月先か。彼は帰ってくる。だから、探さないでやるのが彼のためかもしれない」

「そんな」

京介には理解出来なかった。

先生は家族も教え子も捨てるようなひとではない。そう反発したかったが、もどかしいほど、反論の言葉を見出せなかった。

「今夜、泊まりは？」

「はい。三宮オリンパスホテルです」

「彼が泊まったホテルだ」

吉森がやりきれないように言い、立ち上がると出口に向かった。

4

翌日の土曜日、京介は陽一郎が乗ったという三ノ宮駅九時五十七分発の特急『はまかぜ1号』に乗りこんだ。

なるべく、陽一郎と同じスケジュールで動こうとした。三宮オリンパスホテルに泊まったのも陽一郎が宿泊したからだ。

三ノ宮を出発した『はまかぜ1号』は姫路駅から播但線《ばんたんせん》に入ると、左手に姫路城が見えてくる。

車窓から外を眺めながら、京介はきのうの吉森の言葉を思いだしていた。

端から見れば仕合わせそうな人間も大きな悩みを抱えているかもしれない。だが、陽一郎にはそのような翳《かげ》は見えなかった。

すべてのしがらみを捨てて失踪するなど、およそ陽一郎には似合わない。だが、吉森は五十年近い付き合いの親友だ。

教え子のひとりに過ぎない京介や谷岡に見せるのとは別の顔を知っている。だが、その別の顔が家族を捨てるということには結びつかないのではないか。

ただ、吉森の言葉でなんとなくだが、わかるような気がするものはあった。自分がほんとうにやりたかったことが他にあったのではないかということだ。

なんとなく教師の道を進んだはずなのに大きな成果を上げ、周囲からも評価されるまでになった。しかし、成功すればするほど虚しさに襲われる。また、私生活では自分を抑えて家族のために尽くしてきたが、もう何の心配もないほどに子どもたちが成長し、もう自分の力が必要とされなくなったときに、はじめて犠牲にしてきた自分の人生に気づく。

残り少ない人生を考え、焦りを覚える。もう自分は責任を十分に果たした。もう解放して欲しい。

そうなる気持ちもわからなくはない。だが、京介はそれでも、陽一郎が自ら失踪したとは考えられない。

まず、陽一郎が意に反して教師の道を突き進んだとは思えない。教師は陽一郎にとって天職だったのではないか。

よしんば、自分の生き方に後悔して、新しい道を望むなら、陽一郎はこんな方法はとるまい。家族や学校に対してけじめをつけ、その上で自分のやりたいことをするはずだ。

京介は確信する。自分のために他者を切り捨てるような、先生はそんな無責任なひとではないと。


午前十一時四十三分。定刻通り、特急が竹田駅に着いた。

京介は陽一郎の立場になって考える。駅舎内にある観光案内所に寄るであろう。そして、竹田城まで往復約一時間、竹田城の散策に一時間を当てると、駅に戻ってくるのは二時近くなる。食事をしてから城に向かったと思われる。

京介は観光案内所に入った。

「すみません、ちょっとお訊《たず》ねします」

カウンターの向こうにいた女性に声をかけた。

「先週の土曜日、十月十日の今の時間ですが、この男性がここに来ませんでしたか」

京介は携帯の画像の写真を見せた。九日に柏田事務所を出たところで撮った写真だ。

「あら、この方、覚えています。札幌からひとりでお見えの方ですね」

「そんな話をしていましたか」

「はい、とても気さくなおひとでした。ずいぶん熱心に城のことをきかれたので、情報館『天空の城』をお教えしたんです」

「情報館『天空の城』ですか」

「はい。『たけだ城下町交流館』の中にあります。館内には、竹田城跡を紹介するシアターや、竹田城跡の石垣を原寸大で再現した『算木積みジオラマ』などがあります」

「そうですか。食事をする場所はきいていませんでしたか」

「ええ。きかれました。『たけだ城下町交流館』の中にレストランもありますと言うと、丁寧にお辞儀をして引き上げて行かれました」

「わかりました」

『たけだ城下町交流館』の場所を聞いて、京介は観光案内所を出る。

　線路沿いの道をしばらく行くと、交流館に着いた。レストランに行く前に、情報館『天空の城』の受付に行き、ここでも携帯の写真を見せた。

　そこの女性もすぐに思いだした。

「ええ、このお方、いらっしゃいました」

「ここを観ていったのですね」

「いえ、確か……」

　女性は首を傾げ、

「そうです。思いだしました。その日はレストランが団体の貸し切りで入れなかったんです。それで、どこか食事の出来るところを教えて欲しいと言われました」

「どこか教えられたのですね」

　その場所を教えてもらい、そこを出た。

　竹田の町は線路に並行して旧街道が走り、古い町並みが続いている。その町中にある明治時代の町家を改装した店に入り、京介も昼飯を食べた。

　そこでも陽一郎のことを店の主人が覚えていた。土間の壁に飾ってある四季折々の竹田城の写真に見入っていたという。

　京介は店を出て駅に向かった。駅の反対側は寺町で、四つの寺院が連なり、竹田城主の墓や供養塔があるという。

　竹田駅の背後の山の上に竹田城の石垣が見える。駅裏に城への登山道があるが、約四十分の登りだ。若い頃ならいざしらず、陽一郎がそこの登山道を行ったとは思えない。バスで行ったのではないか。

それは第二駐車場で携帯を落としたことでもわかる。もっとも、登りは歩きで、下りがバスということも考えられなくはないが、その可能性は低いと思った。

駅前にバスが停まっていた。京介は乗りこんだ。あっと言う間にいっぱいになった乗客を乗せて、バスは出発した。

駅前から旧街道に出て、城を大きく迂回《うかい》して山道を登っていく。

中腹の第二駐車場でバスを下り、舗装された坂道をぞろぞろひとが登っていく。若い京介はずんずん登っていくが、年配のひとはゆっくりだ。

かなり長い坂に感じられ、あとどのくらいかと考え出した頃にようやく大手門に着いた。早いペースで上がってきたので、さすがに息が切れた。

京介は料金所で入城料を払い、城跡へ登る。頭上に石垣が迫って見える。今度は石段をゆっくり上がる。黒いシートが敷かれていて、その上を歩く。

広場に出て、展望が開けた。ひんやりした風が心地好い。北千畳という場所である。切り立った石垣の縁に立つと、ずっと下に竹田の町並みの一部が見えた。

標高約三百五十メートルの山の尾根に沿って城郭が築かれていて、そこから三の丸を目指すと城壁が先へと続いている。

この道を一週間前に陽一郎が通ったのだと思うと、胸が切なくなった。

三の丸から二の丸に向かって観光客がぞろぞろ歩いていく。二の丸からは眼下に竹田の町が一望できる。

各所にボランティアがいて、説明をしている。道すがら目に入ったボランティアに声をかけては、京介は携帯の写真を見せてきた。

そして、二の丸にいた日焼けしたボランティアの男性に声をかけたところ、

「このひと、覚えてますよ」

と、応えた。

「『あなたへ』という映画のシーンはどこで撮ったかきかれました。あの本丸の前だと言うと、ずっと眺めていました。それから今までどんな映画の撮影に使われたかという話をしました。とても熱心に聞いてくれましてね」

本丸の石垣の前にもたくさんのひとの姿があり、本丸左手から少し下がったところに望める南二の丸と南千畳の城郭にも、団体らしい観光客がいた。

一週間前もたくさんの見物人がいただろう。その中で、偶然に誰かと会ったりしたのだろうか。

「このひとを」

京介はボランティアの男性に、さらにきいた。

「そのあと、見ませんでしたか。誰かと会っていたとか」

「いえ。この方、どうかしたんですか」

「一週間前の土曜日、ここに来てから行方不明になっているんです」

「行方不明？」

ボランティアの男性は思いだしたように、

「ひょっとして携帯を落とした男性ですね」

「そうです。夏川陽一郎というひとです」

「その写真のひとがそうだったのですか」

と、ボランティアの男性は表情を曇らせた。

「とても元気そうで、私と別れたあとも達者な足取りで本丸のほうに行きました。あの日も土曜日でかなりの人出でした。その後、この方がどうしたかはわかりません」

無理もないと思った。

「ちょっと本丸のほうにいる者にきいてみましょう」

親切に、そこまでいっしょに行ってくれた。

だが、本丸付近にいたボランティアは陽一郎のことを覚えていなかった。ただ、その中のひとりが、携帯の落ちていた場所を知っていた。

「厳密に言うと、第二駐車場内ではなく、そこから少し下ったところです。たぶん、この方は第二駐車場から坂道を下って麓の第一駐車場まで行ったんじゃないでしょうか」

「麓のバス停まで歩いたということですか」

「ええ。バスの時刻によっては麓の駐車場まで歩く方もいらっしゃいますから」

「そうですか」

礼を言い、京介は南千畳のほうから下山した。

陽一郎の身に竹田城では何ごともおきなかった。十分に山城を堪能していたようだ。さっき登ってきた坂道の途中の降り口から、バスを下りた第二駐車場に向かう。これから竹田城に向かうたくさんのひとたちとすれ違いながら、第二駐車場に着いた。

陽一郎はバスの発車時間まで時間があるので第一駐車場まで歩いて下ったのであろう。京介も第一駐車場に向かって歩きだした。陽一郎は車の通る坂道を歩きはじめたところで携帯を落としている。何かをとろうとして誤って携帯を落としてしまったのか。坂道を下っていく。車が何台も行き来している。二十分ほど歩いて麓の第一駐車場に着いた。駐車場はいっぱいだった。

『天空の郷』という休憩所がある。レストランや土産物屋が入っている。

京介はそこでも陽一郎のことをきいたが、客で立て込んでいる中で、陽一郎のことを覚えている人間は誰もいなかった。

その夜、京介は竹田から神戸三宮に戻った。昨夜と同じ三宮オリンパスホテルに部屋をとった。

ホテルに入ったのは九時近かった。陽一郎の予定では城崎温泉に泊まる予定だと言っていたが、城崎温泉には行っていないと思う。

部屋に入り、京介は吉森の携帯に電話をかけた。

すぐに吉森が出た。

「夜分にすみません。鶴見です」

「今、どこなんだね」

「三宮に戻ってきました」

「そうか。で、何かわかりましたか」

「わかりません。ただ、竹田城での先生の足取りだけはわかりました」

情報館『天空の城』に寄り、古い町家を改装した食事処で昼食をとって、駅前からバスに乗ったことを話し、

「竹田城のボランティアの男性は先生のことを覚えていました。先生は竹田城を純粋に楽しんでいるようでした」

「失踪しようとする様子はないということか」

「はい。それから、携帯が落ちていたのは第二駐車場の中ではなく、そこから少し出たところだったそうです」

「……………」

「バスの時間まで間があるので、先生は第一駐車場まで行こうとしたのではないかと思われます。それで、歩きだしたとき、何らかの理由で携帯を落としてしまったのです」

「夏川は第一駐車場からバスに乗ったのか」

「それがはっきりしないんです」

「はっきりしない？」

「夕方、竹田駅で先生を見かけたひとがいないんです。改札の駅員にもきいたのですが、はっきりとは覚えていないと」

「乗降客が大勢いるのだから、見逃したのだろう」

「そうかもしれません。でも」

京介はあのあと竹田駅周辺で、陽一郎の目撃者を探したのだ。観光案内所の複数の女性やバスの運転手にもきいた。

「タクシーを呼んだのではないかと思いました。それで、タクシー会社を当たりました。しかし、先生らしき客を乗せたタクシーはありませんでした」

「では、やはり、バスで竹田駅に戻ったのだろう」

吉森が結論づけるように言う。

「私は違う見方をしているのですが」

「なんだね」

「第二から第一駐車場まで歩いている間に、先生は誰かの車に乗ったのではないかと」

「…………」

「知り合いに出会ったのか、あるいは見ず知らずのひとが親切心から乗せてあげたのかわかりませんが……」

そのまま行方不明になっているのだから、その車の中で何かがあったと思われる。

「竹田城での先生からは、家族も職場も一切の人間関係を捨てるというような追いつめられた様子を窺うことはできませんでした。少なくとも、第二駐車場に戻ってくるまでは旅行を楽しんでいました」

「君の結論は？」

「竹田城に先生と関わりのあったひとが来ていたのだと思います。どういう関係かわかりませんが、先生は誘われても同乗を拒まなかったのです。それなりに親しい間柄だったと思います」

「教え子か」

「そのことも考えに入れたほうがいいと思います」

教え子が全員、先生を尊敬しているとは限らないという言葉を呑みこんだ。

「そうか。また、何かわかったら知らせてください」

「はい。失礼します」

京介は電話を切った。

ベッドに腰を下ろすと、急に疲労感に包まれた。これから夕食を食べに外に出かける元気もなく、ホテルの自動販売機で缶ビールとつまみを買って部屋に戻った。

5

吉森は携帯の電話を切ったあと、鶴見京介が言ったことを反芻した。

老境にさしかかり、自分の人生を見つめなおしたのではないかと京介には言ったが、もしそうだとしたら、その悩みを陽一郎は俺に打ち明けるはずだ。

それに、京介が言うように、陽一郎は家族や人間関係を大切に思っている人間だ。裏切るような形での失踪はすまい。

自分の考えは違っていたかと思いはじめていたところに、京介から報告が入った。竹田城での様子からは失踪しようとする人間の暗さは感じられないという。

それに、失踪するなら、何もこのように手の込んだ真似をせず、誰にも行き先を告げずに行けばいい。

吉森は、「教え子」という言葉が胸にひっかかっていた。陽一郎の教師生活は四十五年に及ぶ。

たくさんの教え子の中には落ちこぼれもいる。社会に出てから道を間違えた人間だっているかもしれない。

吉森はある光景を考えた。竹田城から第二駐車場に下り、そして麓の第一駐車場に向かいかけたとき、一台の車が停まる。運転席から声をかけてきたのは、かつての教え子だった。

「先生、やっぱり夏川先生だ。こんなところでお会いするなんて。乗ってください」

陽一郎とて教え子全員のことを覚えているわけではない。また、卒業して何年も経っていれば、容貌も変わっているだろう。

それでも教え子だと思えば、誘われるままに車に乗るかもしれない。もし、その教え子が陽一郎に逆恨みをしていたとしたら……。

今の悪い想像が当たっているとしたら、陽一郎はどこかに監禁されているか、あるいはすでに……。

吉森は胸が締めつけられた。

だが、陽一郎が教え子に恨まれるようなことをするとは思えない。いや、逆恨みだとしたら、陽一郎の思いもよらない理由で恨み続けていたかもしれない。

気になるのは札幌月夜野高校だ。陽一郎が勤務をはじめた頃は落ちこぼれ生徒の多い、荒れた学校だった。

この学校の立て直しに尽力し、学校はわずか三年でイメージが変わっていった。三年というのは陽一郎が着任した後に入学した生徒が一年から三年になる期間だ。

考えようによっては、悪の生徒たちが卒業し、学校が変わっていったとも言えなくはない。陽一郎は三年間、そういう生徒たちといっしょにいた。

その生徒たちは陽一郎のことをどう思っているのだろうか。自分たちがいなくなったことで、学校がよくなったということに面白くない感情を抱いていなかったか。

吉森は不安を募らせた。


翌日、吉森は机の引き出しの奥に放り込んであった名刺を探した。

札幌月夜野高校の数学の教師で、西田啓介《にしだけいすけ》。今、四十二歳で、陽一郎の下で学校の立て直しに尽力したと聞いている。

札幌に行ったとき、一度陽一郎から紹介されたことがある。六年前のことだ。

しかし、西田の名刺はなかった。どこか別の場所に仕舞ったのかもしれない。

吉森は陽一郎の自宅に電話した。

「はい。夏川です」

陽一郎の妻女、秀子《ひでこ》の声だ。

「吉森です」

「まあ、吉森さん」

秀子はすがるような声を出した。

「その後、何か」

「いえ、何も」

失踪後、何度か、秀子と電話で話していた。

「吉森さんのほうで何か」

「いえ、まだ」

京介から聞いた話をする段階ではない。いたずらに不安を募らせるだけだ。

「奥さん。月夜野高校の西田先生の自宅の電話をご存じではありませんか」

「西田さんならわかります。少々、お待ちください」

電話口が静かになった。物音一つしない。陽一郎がいなくなって、暗く沈んだような家の中が想像された。

やがて、秀子が電話口に戻ってきた。

「お待たせいたしました」

「すみません」

「よろしいですか。西田さんの自宅の電話は……」

吉森はメモ用紙に控える。

「西田さんに何か」

秀子が気にした。

「ちょっと、確かめたいことがありましてね」

「そうですか」

「奥さん。きっと、彼は戻ってきます。お力を落とさないように」

「はい」

「じゃあ、失礼します」

吉森は電話を切った。

休日なので在宅の可能性を願って、すぐに西田の自宅に電話をする。

「はい。西田です」

女性の声だ。

「私、夏川陽一郎さんの友人で吉森と申します。西田先生はいらっしゃいますか」

「はい。今、代わります」

「もしもし、西田です」

「夏川陽一郎の友人の吉森です」

「ご無沙汰《せ》しております。夏川先生のことで何か」

西田は急いたようにきく。

「いえ。まだ、何もわかりません。ちょっと、あなたにお訊ねしたいことがあります」

スポーツマンタイプの浅黒い顔を思いだしながら、

「夏川が月夜野高校の教師になった頃は、かなり高校は荒れていたんでしたね」

と、切り出した。

「ええ、私が三十歳で赴任したときは授業崩壊でしたね。授業中に煙草をすったり、喧《けん》嘩《か》があったり……」

「その頃の卒業生がどうなったか、把握はされているんでしょうか」

「ええ。いちおう進路を記した卒業者名簿は作ってありますが、就職しても長続きせずに辞めたりする生徒もいるんで、卒業から一年後に調べ直しました」

「一年後に再調査……」

「はい。夏川先生が指示をされて。そこまでする必要はないと反対する先生方が多かったのですが、先生はそれをやりました。そのとき、半数近くが卒業時の進路と違うところにいました」

「そうですか」

「でも、卒業生に対しても親身になる先生のそういう地道な努力が実を結んだんでしょうね。面倒見のいい学校という評判が立ち、五年後からはいっきに入学志願者が増えましたから」

「なるほど」

「そのことが何か」

「その頃、夏川を逆恨みしている卒業生はいませんでしたか」

　核心に触れる。

「逆恨みですか。いえ、そんな生徒はいないと思いますけど」

「その頃の問題児の卒業生が夏川とばったり会ったら、声をかけるでしょうね」

「ええ。私も一度、夏川先生とすすきのを歩いていたら、蝶ネクタイの若い男が懐かしそうに声をかけてきました。卒業生でした。何度か転職して、バーテンになっていました」

　西田は話していて何かに気づいたようだ。

「夏川先生は竹田城で卒業生に会ったのですか」

「いや、可能性のあることを調べているのです」

「可能性があるのですか」

「じつは」

　と、京介から聞いた話をして、

「つまり、夏川は誰かの車に乗って竹田を去ったかもしれないのです。車に乗ったのは顔見知りだったからでしょう」

「そうですか」

　西田は不安げな声で、

「もし、そうだとしたら、先生はどこかに連れ去られたということになりますね」

「いや。じつは私は、彼が懸命に走り続けてきて人生に疲れ、ふとひとりになりたくなって、違う土地に行ってしまったんじゃないかとも思っているんです。そのうち、バツの悪そうな顔をして帰ってくるのではないかと」

「そうだといいんですが」

「だから、連れ去られた可能性は低いと思います。でも、念のために調べておこうと思いましてね」

「そうですか。わかりました。当時の卒業生のことを調べて、不審な人物がいたらお知らせいたします」

「お願いします」

　吉森は携帯の番号を教えて電話を切った。

「お父さん」

　芳美が声をかけた。

　今の電話のやりとりを聞いていたようだ。

「夏川のおじさま。まだ、見つからないのね」

「そうなんだ。一週間になる」

「心配ね」

芳美が表情を曇らせた。

「最初は、老境に入り自分の生き方に疑問を持って別の生き方をしようとしたのかと思った。だが、それなら俺に黙っていくはずはない」

「そうね。ふたりは親友だものね」

「そうだ。家族や他の誰にも言えないことも、彼は俺には話してくれた。だから、自分の意志での失踪ではないんだ」

吉森はそう思うようになった。

では今、彼はどこでどうしているのだ。

吉森は自分の部屋に戻ってからも、陽一郎の行方を考えた。

卒業生のこともそうだが、こうなると最初に京介が言ったことが気になる。昔の恋人か、自分が捨てた女性と竹田城で再会したという可能性だ。

その女性といっしょにいる。しかし、昔の恋人だとしたら、独身時代の話だ。まさか、札幌で暮らすようになってから恋人が出来たのだろうか。だが、夏川が不倫をしていたとは思えない。

確かに、陽一郎は女性に好かれる。そういう機会はたくさんあったろう。だが、彼は潔癖なほど奥さん一筋で、他の女には目もくれなかったはずだ。

だが、ほんとうにそうだったのか。このことだけは俺にも隠していたのか。

西田はすすきのの盛り場で卒業生のバーテンに声をかけられたと言っていた。女生徒なら卒業後、すすきののクラブで働いている女性もいるかもしれない。

その女性と暮らすために失踪という形をとった……。いや、あり得ない。夏川はそんな器用な男ではない。不倫をしていたら、必ず奥さんにばれているはずだ。ばれないまでも、不審に思われることはあったはず。

もし、女だとしたら東京時代だ。あの頃、独身だった陽一郎は三人の女性と付き合っていた。

うまく立ち回れない陽一郎は、三人それぞれに他のふたりの存在を打ち明けていたのだ。それでも、三人は夏川から離れようとはしなかった。

陽一郎は二十七歳のとき、札幌に帰ってしまった。三人の女は捨てられた。その三人のうちのひとりと再会したのであろうか。

三人はその後、どんな人生を送ったのだろうか。三人とも今は六十前後だ。夏川はその三人のうちの誰かといっしょにいるのだろうか。

当時、吉森は陽一郎と新宿三丁目にあるバーに通った。厚い木のカウンターに樽椅子《たるいす》。大音量で当時ヒットしていた唄をかけていた。もちろんレコードである。

その店に、陽一郎はいつも違った女性を連れてきた。いずれもきれいな女だった。学生時代からもてた陽一郎は教師になっても遊ぶことは控えなかった。その頃は教師を天職などとは考えていなかったのではないか。

だから、札幌に帰り、結婚してからの陽一郎の変貌を最初は信じられなかった。陽一郎は札幌に行って正解だった。

その後、何度か吉森が出張や旅行で札幌に行ったりしたが、陽一郎はすっかり教師の顔になっていた。

新宿三丁目にあるバーに連れてきていた女性は、いずれも陽一郎に夢中になっていた。陽一郎は三人のうちの誰かと結婚するものと、吉森は思っていたが、三人と別れたのだ。三人のうち、丸顔の清楚な感じの女性は確か、久美子《くみこ》と言った。他のふたりの名は覚えていない。

この三人のうちの誰かが妊娠していたら……。当時、想像さえしなかったことを考える。だが、そうだとしたら、激しい修羅場が繰り広げられたはずだ。吉森の耳にも当然入ったろう。だが、女のほうがひっそりと産んだらどうだ。

女は陽一郎の子をシングルマザーとして育てた。そして、その母子と竹田城で再会した。突飛な考えだろうか。

当時の陽一郎であれば、決してありえない話ではないように思える。

女を探せないか。手掛かりは久美子という名だけだ。そうだ、確か、高田馬場《たかだのばば》に住んでいると聞いたことがある。

久美子から他のふたりの名を知ることが出来るかもしれない。

自分が東京に行って探せるといいが、まだ足が治りきっていないし、体力的にも遠出は出来ない。

あの弁護士に託するしかないと思った。彼の陽一郎を敬う気持ちは半端ではない。わざわざ、竹田城まで行く行動力にも頭が下がる。うらやましいほどの若さに期待するしかない。

吉森は京介の携帯に電話した。

「神戸の吉森です。もう、東京に着いたのかね」

「はい。戻りました」

「今、いいかね」

「はい。だいじょうぶです」

「じつは、君が言っていた教え子の件で、月夜野高校の西田という教師にきいてみた。西田さんは夏川に手を貸して学校を立ち直らせた人物で、夏川を尊敬している」

吉森は前置きしてから、

「彼が、当時の卒業生のことを調べて、不審な人物がいたら知らせてくれることになっている。そのときは君にも伝える」

「お願いいたします」

「それと、もうひとつ。君が最初に言っていた、昔の恋人か夏川が捨てた女性と竹田城で再会したのではないかという可能性だ」

「いえ、あれはほんとうに無責任に思いつきで言っただけですから」

京介があわてて言う。

「いや、いいんだ」

吉森は続ける。

「夏川を尊敬している君には信じられないだろうが、若い頃の夏川はかなりの遊び人だった。あの頃、まだ独身だった夏川は、同時に三人の女性と付き合っていた」

「……………」

京介が息を呑んで驚くのがわかった。

「札幌に帰り、結婚してからの夏川は別人のように変わった。女遊びも一切しなくなった。それからの夏川を知る君には信じられないだろうが、三人と同時に付き合っていたのだ」

「ダンディーな先生でしたから、若い頃はさぞかしもてたろうと思ってましたが……」

「ああ、もてた。この三人の女性は、自分の他にも付き合っている女性がいるのを知っていたのに夏川から離れることが出来なかった」

「そうなんですか」

「ところが、夏川は二十七歳のとき、札幌に帰ってしまった。三人の女性は捨てられたのだ。君が言うように、昔恋人だった、夏川に捨てられた女性は存在する」

「先生はなぜ、札幌に帰ったのでしょうか」

「母親が病気だった。父親はすでに亡いので、母のもとに帰ってやろうと思ったんだろう。この三人の女性のうちの誰かと結婚して札幌に帰ってもよかったと思う。だが、夏川は札幌に帰ってから伴侶を見つけたんだ」

「そうですか」

「この三人のうち、誰かが夏川の子を妊娠したのではないか。もし、その女性が夏川に言えば、夏川は私に相談したはずだ。それがないのは、その女性は夏川にも黙って子どもを産んだのではないか」

「未婚の母ですか」

「結婚出来ないのなら、夏川の子を産んでひとりで育てたい。そう思ったのかもしれない。その母子と竹田城で再会した。今、夏川はその母子といっしょにいるのかもしれない」

「…………」

「探してくれないか。この三人のうちのひとりは久美子という名で、高田馬場に住んでいた。わかっているのはそれだけだ」

「四十年前、高田馬場に住んでいた久美子という女性ですね」

「そうだ。かなり昔の話だが、その久美子から他のふたりの名前もわかるかもしれない」

「わかりました。じつは私も東京時代に何かあった可能性があると思っていたのです。さっそく当たってみます」

「すまない。こんな頼み事をして」

「いえ。私も手掛かりを探していたところなので助かりました。さっそく調べてみます」

電話を切って、吉森は改めて東京にいた頃の夏川を思いだしていた。

第二章　恩師の過去

1

翌月曜日、マンションの立ち退き訴訟の答弁書を書いていると、受付から電話があった。

事務所で雇っている調査員の洲本功二《すもとこうじ》がやってきた。

「こちらにお通ししてください」

京介が受話器を置いてすぐノックの音がして部屋のドアが開いた。

「失礼します」

「すみません、お呼び立てして」

京介は椅子から立ち上がった。

「だいぶ、部屋らしくなりましたね」

倉庫代わりに使っていた部屋だということを知っている洲本は感心したように見回す。

「さあ、どうぞ」

ソファーを勧める。

事務員がコーヒーを淹《い》れてもってきた。

「どうも、すみません」

営業マンのように腰が低く、元刑事とはとうてい思えない。

コーヒーをひと口すすり、

「じつは、私のまったくの個人的な頼みなんです」

所長の柏田は、恩師のことなんだから遠慮しないでいいと言ってくれるが、気が引けている。

「ほう。なんでしょう」

かえって、洲本は興味を持ったようだ。

「私の中学時代の恩師が竹田城に行ったまま、行方不明になってしまったのです」

「天空の城の竹田城ですか」

「ご存じですか」

「ええ、映画で観ました」

「恩師は竹田城の帰りに誰か知り合いに会ったのではないかと想像しているんです。その知り合いについていろいろ考えられるのですが、ひとつが昔の恋人です」

「なるほど。竹田城で昔の恋人と再会ですか」

洲本は目を細める。

「ただ可能性を考えただけです。恩師には昔付き合っていた女性が三人いました。それも同時に」

「同時に三人もですか」

「はい。もし、再会したとしたら、この三人のうちの誰か」

「なるほど。その三人を探すのですね」

「そうなんです。でも、手掛かりがほとんどないのです。三人のうちのひとりは久美子という名で、高田馬場に住んでいた。それだけなんです」

「それだけですか」

「それも、四十年前」

「四十年前に高田馬場に住んでいた久美子という女性を探すのですか」

「はい。たぶん、若い女性ですからアパートだと思います。きれいな女性だそうです」

「恩師の名は？」

「夏川陽一郎です」

「うむ」

洲本は唸《うな》った。

「すみません。難しいお願いで」

「いえ、かえって闘志が湧きます。昔から続いている不動産屋があったとしても、四十年前の資料は残っていないでしょう。第一、そのアパートが今もあるかどうか。でも、高田馬場は私が一時異動になった管内ですから。警察の手づるを使いながら、地元を丹念にまわってみます。少し時間がかかるかもしれませんが、なんとかわかるでしょう」

洲本は頼もしく言う。

「お願いいたします」

京介は頭を下げた。

コーヒーを飲み干して、

「では、さっそく」

と、洲本は立ち上がった。

机に戻ったが、頭から陽一郎のことが去らない。三人の女性と同時に付き合っていたという陽一郎と、京介が知っている陽一郎がうまく結びつかない。

もっとも、京介が知っている陽一郎は五十代であり、二十代の陽一郎と違うのは当然かもしれないが。

午後は強盗傷害の容疑で逮捕された室井《むろい》昌彦《まさひこ》の接見に高輪警察署に行き、そのあと、再び事務所に戻ってきて、離婚訴訟の依頼人の相談を受けた。

夕方になって、谷岡から電話があった。

「時間があれば、これから会いたいんだが」

「七時過ぎなら構わない」

「わかった。じゃ、事務所に行く」

谷岡は何か摑んだのだろうか。

京介は強盗傷害事件に思いを向けた。室井昌彦は犯行を否認している。だが、被害者の半田治郎《はんだじろう》は室井に刺されたと主張している。

ふたりはともに三十六歳。大学時代の友人だ。数年振りに偶然新橋駅で再会し、ふたりで居酒屋に入った。

だいぶ酒を吞んだようで、居酒屋を出たとき、ふたりともかなり酔っぱらっていた。店を出たときからふたりは言い合いをしていたという。

喧嘩別れになり、半田治郎はひとりで腹を立てたまま都営浅草線で泉岳寺《せんがくじ》駅まで行き、駅から伊皿子《いさらご》坂の途中にあるマンションに向かった。

その途中、背後から走ってきた男に棒のようなもので後頭部を殴られ、さらに倒れたところを襲われた。

だが、ひとの悲鳴が聞こえたので、男はそのまま逃げた。半田治郎は頭を押さえてうずくまりながら男の顔を見た。室井昌彦だった。

目撃者の男性も逃げていった男を室井昌彦だと証言した。その夜、室井は中野のマンションに帰っていなかった。

酔いつぶれて、公園のベンチで眠ってしまったという。

凶器は見つかっていない。だが、室井は半田治郎の財布を持っていた。殴って逃げるときに持ち去ったのだと半田は主張している。

それに対して、室井はなぜ、財布を持っていたのか記憶にないと言う。

きょうも、室井と接見してきたが、財布のことはまったくわからないということだった。

事務員が帰り、六時をまわって、牧原蘭子が帰り支度をして、京介の部屋に顔を出した。

「鶴見先生、まだお帰りじゃないんですか」

「ええ。七時に来客があるんです」

「まあ」

「来客といっても、同級生の谷岡ですが」

「夏川先生のことですね。まだ、手掛かりは？」

「ありません」

「もし、私でお手伝い出来ることがあったら仰ってください」

「ありがとう」

「じゃあ、お先に失礼します」

蘭子が引き上げたあと、事務所はひっそりとした。柏田は外出先からそのまま帰るということだった。


七時過ぎに、谷岡がやって来た。

「これを見てくれ」

と、いきなり写真を見せた。

「なに、これ？」

「うちの神戸支局の者が送ってくれたんだ。但馬の小京都と呼ばれる出石《いずし》の風景を撮ったものの一枚だ。たまたま撮ったものだ」

城があり、その手前に駐車場がある。観光客がまばらなのは夕方だからだろう。

「ここを見てくれ。駐車場に停めてある車から下りた男」

そう言いながら、谷岡はルーペを差し出した。

京介は言われたままに写真を見た。じっと見つめるうちに、あっと声を上げた。

「これは……」

「先生に似ているだろう。ジャケットもベストも先生が着ていたものに似ている。顔は小さくて黒いサングラスをかけているのでよくわからない」

「確かに、先生と同じ服装だ。でも、先生だろうか」

「断定は出来ない。体格も服装もだが、似ていることは間違いない。この写真を撮影したのは先生が竹田城に行った日の夕方だ」

「………」

「出石は仙石《せんごく》藩五万八千石の城下町だ。その城が出石城。先生が興味を惹かれてここにやってきたとしてもおかしくはない。問題はこの車だ」

谷岡は車を指さして、

「車種はわからないが、黒の車体の1800か2000ccクラスだ。運転手が写っていないのが残念だが、あの日、先生はこの車の主に誘われ、予定を変更して出石まで行ったのではないか」

可能性は十分だ。

「おそらく、そのあと、その車でどこかに向かったのだろうが……」

「ほんとうに先生かどうか、確かめる必要がある。そこからどこかへ行ったにしろ、何かの手掛かりがあるかもしれない」

京介は力んで言う。

「行くか」

「行く。ただ、すぐにも行きたいが、平日は時間がとれない」

「じゃあ、今度の土曜に？」

「ああ、行ってくる」

「俺も行きたいが、東京を離れられないんだ。代わりに、神戸支局の友人に案内させる」

「そこまでしてもらっては悪いじゃないか」

「気にすることはないよ。同期なんだ。道野《みちの》という気のいい男だ。お互いに社会部の夢は果たせていない同士だ。今回のことも、彼に頼んでいたんだ。そうしたら、たまたまこの写真を見つけてくれた」

「じゃあ、頼もうかな」

「連絡しておく」

それから金曜日まで目一杯、弁護士の業務をこなし、土曜日、京介はまた新幹線『のぞみ』に乗りこんだ。

京都からＪＲ山陰本線の特急で約二時間十分。八鹿《ようか》という駅で下りると、改札の前で小肥りの男が待っていた。

谷岡から特徴を聞いていたのか、男はためらわず近づいてきて、

「鶴見さんですね」

と、声をかけた。

「鶴見です」

「道野です」

「お世話をおかけします」

「なあに、どうせ、暇ですから。さあ、どうぞ」

駐車場に向かい、道野の車の助手席に乗り込む。だいぶ古い型の車だ。

「神戸から車では、ずいぶんかかったんじゃないですか」

「ええ。三時間です」

「三時間ですか」

往復六時間。鶴見は恐縮した。

「いえ、運転は好きですからご安心ください」

道野は如才なく言い、

「ここから三十分足らずです。お腹、空いたでしょう」

「いえ。電車の中で弁当を食べてしまいました。ひょっとして、道野さんはまだ？」

「いえ、食べました。私も我慢出来なくて」

道野は苦笑した。

「出石はそばが有名です。宝永三年に出石城主の松平氏と、信州上田城主の仙石氏が国替えになりました。そのとき、仙石氏とともに信州からやってきたそば打ち職人が、ここ本来のそば打ちの技法を取り入れて、出石そばが誕生したそうです」

道野は運転しながら説明する。

小さな川に差し掛かった。

「出石川です」

城が見えてきた。

車は小橋を渡り、城の前にある駐車場に着いた。

「写真にあった場所ですね」

「そうです」

道野はサイドブレーキを引き、エンジンを切った。

外に出る。風はひんやりしているが、陽射しは暖かい。

たくさんの観光客が城へと続く橋に向かって歩いていく。落ち着いた佇まいの城下町だ。

写真を取り出して見比べ、間違いないことを確かめた。

陽一郎なら、まず城に向かっただろう。橋を渡り、石段を上った。復元された隅櫓《すみやぐら》が建っているだけだ。

すぐ城跡から出て、大手前通りを行く。右手に時計台が見える。陽一郎が歩いたであろう道を辿るが、陽一郎の痕跡を見つけることは出来ない。

そば屋の看板がいくつも見える。

「おいしそうですね」

「ええ、あとで小腹《こばら》が空いたら食べましょうか」

そば屋が五十軒ぐらいあるという。

途中、伝統的町家景観通りという通りに入る。それから田結庄《たいのしょう》通りを行くと、出石永楽館《えいらくかん》という芝居小屋が現われた。

明治三十四年（一九〇一）に開館した近畿最古の芝居小屋だという。芝居好きの京介には大いに興味があるが、陽一郎のことを考えると気持ちは弾まなかった。

ぐるりとまわって再び駐車場のほうに向かう。家老屋敷の前に出た。陽一郎なら必ず入るだろうと思った。

「ここできいてみます」

京介は入館窓口の女性に、

「すみません。ちょっとお訊ねします」

と、携帯の写真を見せ、

「二週間前の十月十日土曜日の夕方、この男性が来ませんでしたか」

「いえ、覚えがないですね」

来たかもしれないが、覚えていないということだった。

「どこかで休みましょうか」

道野が言う。

土産物屋の奥が喫茶室になっていた。そこに入り、ふたりはコーヒーを頼んだ。

「二週間も経ってますから、なかなか記憶も薄らいでいますね」

「そうですね」

はじめから記憶に残っていないとも考えられる。

年配の女主人がコーヒーを運んできた。

「二週間前の土曜日の夕方ですけど」

道野が女主人に声をかけた。

「六十代後半の、帽子にサングラスをかけた紳士を見かけませんでしたか」

「このひとです」

すぐに、京介は携帯の写真を見せた。

じっと見ていた女主人が、

「あら、このひと」

と、呟くように言った。

「見かけたんですか」

道野が腰を浮かした。

「ええ、こんな格好でした」

「どうして覚えているんですか」

「ここでココアを飲まれましたから」

「ココアですか」

少し違和感を持った。

「誰か連れは？」

「いえ、おひとりでした」

車を運転していた人間はどうしたのだろうか。

「そのひと、この写真のひとでしたか」

道野が車から下りた陽一郎らしい男の写真を見せた。

「ああ、この男のひとでした」

「他に何か言葉をかわしましたか」

京介がきいた。

「旅館の場所をきかれました」

「旅館ですって？　この地に泊まったんですか」

「そのおつもりでしたよ。夕方になっていましたからね。それで西田屋さんを紹介したら電話をしていました。でも、いっぱいで泊まれなかったんですよ」

「それで、どうしたんですか」

「豊岡までタクシーで出て、ビジネスホテルに泊まると言って出ていかれました。明日、山形に帰ると仰って」

「山形？　山形のひとなのですか。札幌の話はしていませんでしたか」

「いいえ、山形だと言ってました」

「その男性に何か特徴はありましたか」

「そう、確か目の横に黒子《ほくろ》がありました」

「黒子？　サングラスをしていたのではありませんか」

「ここに座って、サングラスを外しましたから。丸い目の横に黒子があったのを覚えています」

　陽一郎に黒子はない。目も切れ長だ。

　女主人が去って、道野がため息をつき、

「どうやらひと違いだったようですね」

　と、カップに手を伸ばした。

「それにしても、似ているひとがいるもんです」

改めて車から下りた男の写真を見る。別人だと思えば、陽一郎にあまり似てないように思えた。

「すみません。私がよけいな真似をしてしまったようで……」

道野が小さくなった。

「いや、そんなことありません。夏川先生でないことが確かめられただけでもよかったと思います」

「そう言っていただけると……」

道野が安心したように笑った。

コーヒーを飲み終えて、店を出た。

帰りは口数が少なかった。八鹿まで送ってもらい、JRで京都まで出る予定だったが、今からだと今夜中に東京に帰れない。それにまた三時間かけて道野がひとりで神戸まで戻ることを考えて、京介も道野の車で神戸まで行くことにした。

その途中、谷岡から電話がかかった。

「どうだった？」

「人違いだった」

山形から来た男性だと話すと、谷岡は落胆したように、

「まあ、そんな簡単に手掛かりが摑めるはずはないな」

と、なぐさめた。

電話を切ると、

「谷岡、怒ってませんでしたか。無駄足を踏ませたと」

と、道野がきいた。

「そんなことはありませんよ」

京介は笑ったが、道野はまだ気にしているようだった。

2

陽一郎の失踪から二週間経ったことで、吉森は居ても立ってもいられない気持ちになった。もし、何者かにどこかに連れていかれたのだとしたら、命の危険も考えなければならない。

だから、吉森は、陽一郎が自ら失踪した可能性のほうを考えようとした。

陽一郎が城巡りをするようになったのは四十を過ぎてからだ。若い頃、ふたりでよく旅行したが、いつも温泉だった。

陽一郎が札幌に帰ったあと、吉森が札幌まで行き、そこからふたりで登別《のぼりべつ》温泉や層《そう》雲峡《うんきょう》温泉まで行ったこともあった。

こちらが歳をとって億劫になったことと、陽一郎が私立月夜野高校での勤務が忙しくなり、いっしょに旅行をすることもなくなった。

それでも、陽一郎はひとりでよく城巡りの旅をしていたようだ。こっちがだんだん出無精になっているのに、陽一郎の行動力には目を見張ったものだ。

熊本城の絵はがきをもらったこともある。

今回、休暇を五日間もとれたのははじめてだったに違いない。だから、東京で京介たちと会い、神戸で吉森と会う時間が作れたのだ。

城巡り……、吉森は呟いた。さっきから胸にわだかまっている。

ほんとうに城巡りだったのか。ひとり旅だったのか。またも、吉森はあらぬ想像に駆られた。

札幌に帰って結婚したあと、陽一郎は人間が変わったように、教師の道を天職のように歩みはじめた。

しかし、人間は極端に変われるものなのか。生活の中で、陽一郎が恋愛する機会はほとんどなかったに違いない。

もし、不倫をしていれば、奥さんは勘づくのではないか。だから、陽一郎は堅物の男で通ってきた。

しかし、城巡りの旅で落ち合う女性はほんとうにいなかったのだろうか。旅先なら誰に遠慮することなく、ふたりで楽しめる。

もし、そういう女性がいたとしたら、東京時代の三人ではないだろう。その中の誰かと続いているとは思えない。

札幌に行ってから知り合ったのであろう。その女性との逢瀬の時間が城巡りの旅だったのかもしれない。

そして、今回、陽一郎はその女性と暮らすことを決意し、失踪という形をとったのではないか。

つまり、最初から示し合わせていたのだ。竹田城を見学したあと、陽一郎は第二駐車場の近くでその女性の車に乗りこんだ。

陽一郎は仕合わせな家庭を築き上げ、高校の立て直しにも尽力し、もう思い残すことはなくなった。最後は、自分についてきてくれた恋人のために、いっしょに暮らすことを考えた。

この二週間のうちに、吉森はそうであって欲しいと願うようになった。それなら、命は安全だからだ。

だが、札幌での出会いは本当にあったのだろうか。ふたりが旅先で会うような関係になるまで、それなりの時間は必要だったはず。何度も会って愛を確かめあったはず。

その間、周囲は気づかなかったのか。それほどうまく立ち振る舞っていたのか。

何か鳴っている。自分の携帯だと気づいて、あわててとった。

表示を見ると、月夜野高校の西田だった。

「もしもし」

「西田です。夜分にすみません。今、だいじょうぶですか」

「ええ、だいじょうぶです」

まだ九時前だ。

「じつは気になることを思いだしました」

「気になる?」

携帯を持ち直す。

「ええ。夏川先生が高校に入って二年目の卒業生に小塚良平《こづかりょうへい》と葉田《はだ》えりかというふたりがおります。小塚はいわゆる番長で、えりかのほうも悪《わる》女子のリーダー格でした。もちろん、夏川先生はこのふたりに対して逃げずに正面からぶつかっていきました」

「………」

吉森は耳に神経を集めた。

「ともかく、夏川先生の指導のおかげで、このふたりは表面的にはおとなしくして卒業していきました。ところが、卒業から五年後、葉田えりかが夏川先生に強姦されたと警察に訴え出たことがありました」

「まさか」

「ええ、小塚とえりかが仕組んだことです。ふたりの嘘《うそ》は警察の尋問であっけなくバレてしまったのですが、夏川先生はふたりを許さず、虚偽告訴の罪で訴えたんです」

「夏川が？」

「そうです。実害はなかったんだし、私もてっきり許してやるものとばかり思っていましたから、正直驚きました」

「いや、今の話を聞いても、私でさえ信じられない。夏川はそこまで激しい人間ではない」

「はい。私もそう思います」

「で、ふたりはどうなりました？　先生は訴えを取り下げました？」

「途中で、先生は訴えを取り下げました」

「周囲から何か言われてですか」

「さあ、わかりません。私も先生にきいたのですが、曖昧に笑われただけでした」

「このふたりは今、どこに？」

「東京です。小塚とえりかは蒲田《かまた》のアパートで同棲しているようです。小塚は近くの居酒屋で、えりかは川崎のキャバクラで働いているそうです」

「このふたりが竹田城に興味を持ったのだろうか」

少し疑問に思いながら、吉森はきいた。

「じつは、このふたり、夏川先生が竹田城に行くことを知っていたようなんです。こっちにいる仲間が、その話をしたと言ってました」

「じゃあ、先回りして待ち伏せすることも出来るな」

「彼らは更生しているようですし、そこまでするかどうかわかりませんが……」

西田は慎重な言い回しになった。だが、西田とて可能性があるから知らせてきたのだ。

「ともかく、調べてみましょう」

「はい」

「それから、ついでにおききします。私は今になってみると、夏川が自らの意志で失踪したのであって欲しいと思っているのです。それなら、命の保証がありますから」

「………」

「そこで、夏川の行動で気になったのが城巡りの旅です。夏川はいつもひとりで行っていたのですね」

「そうです。ひとりですね。好きな城を見るのはひとりのほうが気兼ねなくていいと仰ってましたから」

「ほんとうにひとりだったのかな」

「えっ？」

「旅先で逢瀬を楽しむ恋人がいなかったかどうか」

「まさか、先生が不倫旅行だなんて」

西田が不快そうに言う。

「私はそれを願っているんです。残りの人生をその女性と過ごすことに決めた。そうであって欲しいと思っている。そんな女性がいたかどうか、調べてもらえませんか」

「しかし、調べるといっても……」

西田は困惑している。

「そうか」

吉森は、はたと気づいた。

「いや、すまなかった。いいんだ、忘れてください」

「……………」

「今のは私の願望だったんです。さっきの小塚とえりかのことはさっそく調べてみます」

蒲田のアパートの住所を聞きとり、吉森は電話を切ると、すぐに京介にかけた。

「はい、もしもし」

電話口がざわついているようだ。

「吉森です。今、いいかね」

「はい。ちょっとお待ちください」

移動しているようだ。

「はい。すみません」

「今、どこにいるんだね」

「三宮です。居酒屋で、夏川先生の探索の手伝いをしてくれている毎朝新聞の記者といっしょなんです」

「何かあったのか」

「はい。人違いでしたが。で、何でしょうか」

「君は明日何時に帰るんだ？　帰る前に会えないかな」

会って話したほうが間違いない。

「構いませんが」

「ホテルはこの前のところか」

「そうです」

「一階は確か喫茶室だったな。じゃあ、そこに九時でどうだろう？」

「わかりました」

電話を切ったあと、夏川の行方を必死に追っている自分が、なんとなく滑稽に思えてきた。

まるで、夏川と隠れん坊をしているような錯覚に陥った。ふいに、夏川が恥ずかしそうに姿を現わす。そんな気もしていた。

翌日、九時前に三宮オリンパスホテルの喫茶室に行くと、窓際の席で京介が待っていた。チェックアウトをしてきたらしく、バッグが横にある。

「すまなかったね」

吉森は向かいに腰をかけて言う。

「いえ。来ていることをお知らせすればよかったと思っています」

「いや、そんなことはいいんだ。だが、ちょうどよかった。コーヒーを」

ウエーターに注文をしてから、

「で、今回は？」

と、吉森はきく。

「出石に行ってきました」

「出石に何か」

「はい。これをご覧ください」

京介は写真を取り出した。

「これは」

吉森はすぐに、車から下りたサングラスの男に目が行った。

「これは、夏川先生が竹田城からいなくなった日の夕方に撮影されたものです。たまたま、ここの支局のカメラマンが撮った写真に先生らしき男性が写っていると知らせてくれて。それで、調べに出石に行ってきました」

吉森はじっと写真の男を見つめ、

「夏川に似ているが、どうも本人ではないな」

と、呟いた。

「わかりますか」

「うむ。雰囲気が違う。夏川には洗練された身のこなしがある」

「はい。やはり別人でした。この男性は山形から来たそうです。それで、今回の調査はなんの成果もありませんでした」

「そうか」

コーヒーが運ばれてきて、吉森は口を閉ざした。

ミルクと砂糖を入れながら、

「ふたつ、頼みがあるのだが……」

「はい」

「まず、私立月夜野高校のまだ荒れていた時代の卒業生のことだ」

西田から聞いた話をし、

「小塚とえりかは夏川を逆恨みしている可能性がある。そして、ふたりは夏川が竹田城に行くことを知っていた」

「………」

京介の表情が微かに変わった。

「ふたりは竹田城に先回りをし、レンタカーを借りて第二駐車場で待っていた。そういうことも考えられる。この場合」

吉森は胸に苦痛を覚えながら付け加えた。

「夏川は生きていないかもしれない」

京介が何か言おうとして口を開きかけた。だが、声にはならなかった。

「いや。私は夏川が自ら失踪したと思っているんだ。ただ、可能性がある限り、念のために調べておいたほうがいいと思う」

「はい」

「そこで、小塚とえりかに会ってくれないだろうか。仮に、ふたりが無関係だったとしても、他に夏川を恨んでいる人間がいたら、ききだせるかもしれない」

「わかりました。ふたりは蒲田のアパートで同棲しているんですね」

「そうだ。住所はここ」

吉森は住所を書いたメモを渡した。

「それからもうひとつ」

吉森はさらに続けた。

「夏川がひとりで城巡りの旅をするようになったのは四十を過ぎてからだ。その旅先で恋人と会っていた可能性もあるんじゃないかと思うのだ。家庭も職場も順調で、後顧の憂いのなくなった夏川は、ここにきて、残りの人生を、その女性と過ごそうと思い、竹田城で待ち合わせたのではないか」

「城巡りの旅をするようになったのは、その女性と会うためだと？」

「そうだ。それでも、旅は年に一度か二度だ。たまにしか会えない。もしかしたら、相手の女性も人妻かもしれない」

「…………」

「誰にも気づかれぬように細心の注意を払ってきたんだ。相手が人妻だからという気もするが、それ以上に相手の女性が教え子だったからではないか」

「教え子ですか」

京介は呆気にとられたように言う。

「教師と教え子の恋愛は決して珍しいことではない。もちろん、男女関係になるのは相手が卒業してからだろうが」

「四十過ぎからだとしたら、札幌中央第二中学校時代にはすでに、そういう関係だったことになりますね」

陽一郎は仮面をかぶっていたのか。

「信じられません」

「まだ中学生だった君に、そんなことはわかるまい」

吉森は困惑している京介に、

「前に勤めていた中学校でのことを調べてもらえるよう、札幌にいる君の友人に頼めないだろうか」

「頼めないことはありませんが」

「月夜野高校の西田さんに頼むより、教え子である君たちに頼んだほうがよいかと思ってね。確か、中学校の教師をしている教え子がいたね」

「はい。坂島です。夏川先生に憧れて教師になった男です」

「よろしく、頼む。私がもっと元気なら札幌に行って、奥さんともじっくり話してみたいのだが」

「いえ。動き回るのは私たちに任せてください」

「よろしく頼む。二週間も過ぎると、ちょっと穏やかではなくなってきてね」

吉森はまたも胸が締めつけられるようだった。

3

翌月曜日の夜、約束の時間に遅れて、事務所に谷岡がやって来た。

「待っていた」

京介は迎えた。

「すまない。タクシーに乗ったら渋滞でね」

「いや。かえって、ここまで来てもらってすまない」

応接セットで向かい合い、

「道野がしきりに謝っていた。よけいな真似をしたって」

と、谷岡が切り出す。

「道野さんにはずいぶん世話になった。決して無駄なことではなかったよ」

「だが、人違いだったとはね。でも、あの写真を見たら先生だと思うよ」

「俺だって、そう思った。でも、吉森さんは雰囲気が違うと言っていた」

「そうか。やっぱり、親友にはわかるのかな」

「その吉森さんから頼まれたことがふたつ」

まず、京介は小塚良平と葉田えりかの話をした。

「なるほど。自分たちが美人局《つつもたせ》で先生を貶《おとし》めようとしたのに、虚偽告訴の罪で訴えられたことで逆恨みしていたというのか」

「このふたりは先生が竹田城に行くことを知り、復讐しようと竹田城に先回りをしたのではないかと、吉森さんは考えたんだ」

「ふたりの当日の足取りがわかれば一発じゃないか」

「もし、アリバイがなかった場合だ」

「うむ。もし、そうだとしたら、近くでレンタカーを借りたか。京都、大阪、神戸のレンタカー会社か。だが、東京から車で出かけた可能性もあるな。かなりの長距離だが」

「ともかく、ふたりに会ってみようと思う」

「俺もいっしょに行こう。いつだ?」

「ふたりとも夜働いているから、昼間だ。明日の昼過ぎでどうだ?」

「いいだろう。午後一時に蒲田の駅で待ち合わせよう」

谷岡が言い、

「それで、もうひとつとは?」

と、催促した。

「先生が恋人と落ち合って失踪した可能性を言っていた」

京介は、城巡りの旅の件を話し、

「相手の女性は中学時代の教え子で、現在は人妻ではないかとも想像していた」

「うむ」

谷岡は唸ってから、

「先生らしくない。そんなことをするような先生ではない。あり得ない」

強い口調で否定した。

「でも、吉森さんは、そうであって欲しいと言っていた。それなら、夏川先生は無事だからだ」

「…………」

谷岡は暗い顔になった。

「二週間経って、吉森さんは先生の身を案じはじめている」

監禁されているのか、あるいは殺されているのか。言葉には出せないが、そういう最悪の事態も現実味を帯びてきている。

「念のためだ。坂島に調べてもらおう。彼なら、先生がこれまで赴任してきた中学校にもコネがあるんじゃないか」

京介は提案する。

「わかった。どうやら、吉森さんは最悪のケースを考え、その一方で希望を持ちたがっているんだな」

その希望が先生の不倫を証明することだとは……。京介はやりきれなかった。

翌日の午後一時に蒲田駅で谷岡と待ち合わせし、小塚とえりかの住むアパートに向かった。

商店街から離れた、線路の近くにアパートが見つかった。

二階の奥の部屋だ。外階段を上がり、二階の廊下に出る。古い建物だ。えりかはここから川崎のキャバクラまで通い、小塚は近くの居酒屋で働いている。

谷岡がチャイムを鳴らす。しばらく待ったが、応答はない。もう一度、鳴らす。耳を澄ませたが、部屋の中は静かなままだった。

「留守のようだな」

谷岡が口許を歪めた。

「まだ、寝ているのだろうか」

京介もがっかりした。

隣室から中年の女性が出てきた。胡乱《うろん》な目で、こっちを見た。京介が声をかけた。

「すみません。小塚さんは留守なんでしょうか」

「知りません」

怯《おび》えたように答え、階段のほうに小走りになった。

「どうかしたんだろうか。ずいぶん、警戒しているな」

谷岡が不思議そうに女を見送って言う。

「そんなに俺たちは不審そうに見えたのだろうか」

京介は苦笑する。

「近くまで出かけたのかもしれない。どこかで時間を潰してまた来よう」

そう言いながら、谷岡が階段に向かった。京介もあとに従う。

階段を下り切ったとき、ふたりの男が近づいてきた。ひとりは黒いスーツで、黒いサングラスをかけている。もうひとりはチェックの派手なブレザー姿で、大柄だ。ふたりとも、三十前後だ。

ふたりは階段を上がり、一番奥の部屋に行った。

「小塚の部屋だ」

谷岡が囁《ささや》く。

ふたりの様子を窺《うかが》う。

チャイムを鳴らしても出ないとわかると、ドアをどんどんと叩きだした。

「小塚。いるんだろう。出てこい」

ブレザー姿の男が怒鳴っている。

「借金の取り立て屋か」

谷岡が顔をしかめた。

「行ってみよう」

京介は階段を駆け上がった。

ふたりの男がこっちを見る。

近づいていき、

「失礼ですが、あなた方は小塚さんとはどのようなご関係ですか」

と、京介が声をかけた。

「あんたらに関係ない」

黒のスーツ姿の男が言う。この男のほうがブレザーの男より年上のようだ。

「私たちは小塚さんの知り合いです。よかったら、用件を聞かせていただけませんか」

「引っ込んでろ。引っ込まねえと」

ブレザーの男が凄《すご》んで前に出てきた。

「待て」

黒いスーツの男が引き止め、

「あんた、弁護士か」

襟のバッジに気づいてきいた。

「そうです」

男は口許を歪めて、京介と谷岡の脇をすり抜けた。ブレザーの男もあわててあとを追う。

「ふん、とぼけやがって。まあ、いい。出なおそう」

「依頼？　何をですか」

「小塚が依頼したのか」


「堅気じゃないな。小塚はあんな連中と付き合っているのか」

谷岡は侮蔑したように言う。

「弁護士さんだったんですか」

さっき出かけていった隣室の女性が戻ってきた。

「ええ。今の連中は何なんですか」

「最近、ときたまやって来て、大声を張り上げているんです。なんだか、やくざみたいでちょっと怖い感じです」

「そうですか。どんなことを言っていたか、耳に入りませんでしたか」

「いえ。ただ、早く返事をしろと、奥さんに言ってました」

「奥さん？　えりかさんのことですか」

「そうです」

「今、小塚さんのところは留守なんですか」

「はい。きのうの午後にふたりで出ていくのを見ましたけど」

「今の連中から逃げるために、どこかに身を隠しているのかな」

谷岡が想像した。

「そうすると、しばらく帰って来ないかもしれないな」

京介は困惑した。

「しかたない。出なおそう」

谷岡が舌打ちした。

「もし、小塚さんが帰ってきたら、私の携帯に連絡をいただけませんか」

京介は女性に名刺を渡した。

「わかりました」

女性が部屋に入ろうとしたのを、

「そうだ」

と、谷岡が思いだしたように引き止めた。

「小塚さんはいつも部屋に帰って来ていましたか。旅行などで部屋を空けることはありませんでしたか」

「ちょっと前の週末に、二、三日留守のときがありましたね」

「それはいつごろか覚えていませんか。一カ月前か三週間前か二週間前か」

「二週間ぐらい前かしら」

「わかりました。お引き止めしてすみません」

谷岡が礼を言う。

階段を下りてから、

「二週間前の週末、どこかに出かけていたようだな」

と、京介は興奮して言う。

「ああ。竹田城に行ったかどうかわからないが、気になる。さっきのような連中と付き合っていることだし」

谷岡も小塚への疑いを深めたようだ。

「しかし、どこかに身を隠したとなると、探すのは困難だ」

「小塚が働いている居酒屋に行ってみよう。『酒市《さかいち》』という店だ」

『酒市』は駅の東口にあった。

昼食の営業で、店は開いていた。

中に入り、店長らしい風格の男に訊ねた。

「すみません。弁護士の鶴見と申します」

京介は名刺を出して、

「小塚良平さんはこちらで働いているんですね」

「小塚は夜ですね。でも、きのうから休みをとってますよ」

名刺を指先でつまみながら、店長が答える。

「休み？　何かあったのですか」

京介がきいた。

「奥さんの具合が悪いからと言っていたな」

「アパートに行ったら留守でした。どこに行ったかわかりませんか」

「さあ、わかりませんね。いらっしゃい」

客が入ってきて、店長は声をかけた。

客をテーブルに案内して戻ってきた店長に、

「小塚さんの働き振りはどうですか」

と、きく。

「よく働いてくれていたんですが、ここ一カ月ほど前から、ぼうっとしていることが多く、ときたま客の注文を間違えたりしていました。その頃から奥さんの具合でも悪くなっていたのかなって感じでしたね」

えりかが病気とは思えない。小塚の口実だろう。

「小塚さんの携帯の電話番号はわかりますか」

「ええ、知っています。業務連絡をしますから」

店長は自分の携帯から電話帳を見て、小塚の番号を教えてくれた。

礼を言って外に出て、教わった番号にかけた。だが、呼んでいるが、出ない。出られないのか。

「もしかしたら、登録されていない番号だから出ないのかもしれない」

京介はその可能性が高いように思えた。

「店長にかけてもらおう」

谷岡が言い、店の中に戻った。

店長は眉根を寄せていたが、谷岡の頼みを聞いてくれ、自分の携帯から小塚に電話をかけた。

「もしもし。小塚くんか。じつは、君に会いたいという弁護士さんが来ているんだ」

店長が話しかけている。

「今、代わるから」

「すみません」

京介は店長から携帯を受け取り、

「弁護士の鶴見と申します。これは店長の携帯ですので、私の携帯からかけ直します。出てくださいませんか。夏川陽一郎先生のことでお話があるのです。よろしいですね」

念を押してから通話を切り、携帯を店長に返した。

再び、外に出てから、小塚の携帯にかける。

「もしもし」

「小塚さんですね。鶴見です」

「夏川先生のことって、何ですか」

「それより、今どちらにいらっしゃるのですか。会ってお話ししたいのですが」

「…………」

返事がない。

「さっき、アパートに行ったらふたり連れの男がやって来ていました。彼らは何者なのですか。ひょっとして、あの連中から逃れるために？」

「ええ」

「このまま逃げ続けるのですか」

「いえ。なんとかします」

「もし、私で出来ることがあれば、何でもしますよ。ぜひ、お目にかかりたい。出来たら。葉田えりかさんにも」

「…………」

「小塚さん」

京介は呼びかける。

「今はまだ無理です」

「どうしてですか」

「あの連中の目がありますから」

「あの連中はあなたに何をしようとしているのですか」

「すみません。落ち着いたら、こちらから電話をします」

電話が切れた。

「どうも警戒しているな。こっちを信用していないようだ」

「あの黒のスーツ姿の男、キャバクラ関係の人間かもしれない」

「えりかが働いている川崎の店か」

「そうだろう。あの男に当たってみよう。このままじゃ、小塚に会えそうにもない」

谷岡は厳しい顔で言う。

「しかし、そっちの店の名は知らないんだ。どうやって探すのだ？」

「部屋に入れれば、店のマッチか名刺がある」

「そんなことは出来ない」

「弁護士でもだめか」

「当たり前だ」

京介は呆《あき》れて谷岡を見た。

「そんな顔をするな。部屋に入らなくても調べられるさ。川崎には数十軒のキャバクラがあるだろうが、あの黒のスーツを着ている男がいる店を探せばいい。風俗に詳しい人間がいるから調べてもらう」

谷岡は笑いながら言った。

その調べを谷岡に任せ、京介は事務所に戻った。新たな依頼人がやってくることになっていた。

4

昼になって、娘が食事だと呼びにきたが、食欲がなかった。

まだ、昨夜の夢をはっきり覚えている。たいがい、起きたときには夢の内容は忘れているのだが、きのうの夢はまがまがしく記憶に残っている。

夢には陽一郎が出てきた。陽一郎はどこかの山の中にある洒落《しやれ》た別荘に住んでいた。顔ははっきりしないが女性といっしょだ。吉森をうれしそうに迎えてくれ、ウイスキーを呑んでから裏庭に案内した。

陽一郎は持っていたスコップを寄越した。掘ってみろというのだ。吉森は言われたままに掘った。掘り続けて、大きな穴が出来た。誰かが仰向けに寝ていた。吉森は凝視した。土の中にいたのは陽一郎だった。はっとして、辺りを見回すと、今まであった別荘はなくなり、風が枯れ枝を揺らしていた。

うなされて目が覚めた。それから眠れなかった。明け方に寝入ったが、寝覚めは悪かった。

胸の辺りの不快感が消えない。夢の内容を繰り返し思いだす。

女性とふたりで住んでいたのは陽一郎であり、土に埋もれていたのも陽一郎だった。吉森が想像している姿が夢になって現われただけなのかもしれないが、いやな夢であることに変わりはなかった。

もうひとつ気になったのはいっしょにいた女性だ。顔は翳になってわからなかったが、一瞬だけ振り向いたときに見えた。その顔は勢津子のようだった。

五年前に亡くなった勢津子がなぜ夢に出てくるのか。やはり、彼女が死ぬ前に、陽一郎の名を呼んだことが引っかかっていたのかもしれない。

勢津子はもともと陽一郎が好きだったのではないかと思うことがときたまあった。学生時代、吉森が彼女に想いを寄せていることを知って、陽一郎はいろいろ骨を折ってくれた。

おかげで吉森は勢津子と結婚することが出来た。だが、終生、勢津子の陽一郎への想いは変わらなかったのかもしれない。

だからといって、勢津子が吉森を愛さなかったわけではない。ずいぶん尽くしてくれた。それなりに仕合わせな人生だったと感謝している。

ただ、勢津子は陽一郎への想いを心の奥にしまってきたのだ。そしてまた、陽一郎も勢津子の気持ちを知っていたのではないか。

勢津子は息を引き取る間際、陽一郎の名を呼んだ。それを話したとき、陽一郎の顔が強張った。まるで、恐ろしいものに出会ったように顔を引きつらせたのだ。

そのとき、陽一郎も勢津子の想いに気づいていたのだと思った。だが、それでも、自分の勢津子に対する気持ちは変わらなかった。

勢津子が夢に出てきたのは、関係ないと思いつつ、深層でこだわっていた証《あかし》かもしれなかった。

「夏川、どこにいるんだ？」

吉森は思わず呟いた。

このまま、会えないことになるのはやりきれない。生きていて欲しい。仮に死んでいるのだとしたら、その事実を確かめたい。もし、夢で見たように土の中に埋められているのなら助け出してやりたい。

広東家庭料理をうまそうに食べていた陽一郎の姿が目に浮かんできて、ふと胸の底から突き上げてくるものがあった。

嗚咽《おえつ》を堪えていて、携帯が鳴っているのに気づかなかった。あわてて、携帯をとった。札幌の西田からだった。

「もしもし」

「西田です。すみません、今だいじょうぶですか」

「ええ、だいじょうぶです。何か」

知らせることがあって電話をしてきたのだろうから、吉森は期待をした。

「先日お話しした小塚良平と葉田えりかのことなんです。じつは、ふたりは今、葉田えりかの札幌の実家にいるようなんです」

「えりかの実家に？」

「ええ。彼女の実家は母親がひとりで住んでいます。そこにふたりはいるようです」

「東京から引き上げてきたということですか」

「さあ、そのへんはわかりません。たまたま、彼女の知り合いとばったり会ったら、そんなことを言ってました」

「なぜ、この時期に帰ったのでしょうね」

吉森は不思議に思った。

「やっぱり、夏川先生のことに関わりがあるんでしょうか」

「そうかもしれませんね」

「私がふたりに会って事情をきいてみましょうか」

西田がきいた。

「いや、とぼけられるのがオチでしょう。深く踏み込むことが出来る証拠がなければ、追及は出来ません。弁護士の鶴見さんの調べを待ってからでも遅くはありません」

「わかりました」

「その後、月夜野高校のほうはどうです？」

「はい。いつ先生が戻ってきてもいい態勢でいるのですが、だんだん学校の中でも悲観的な見方が出てきて……」

「そうですか」

吉森はやりきれなかった。

電話を切ったあとも、小塚とえりかが札幌に帰っていることが気になった。陽一郎の失踪に関わっているのだろうか。

夢のせいか、胸がざわつく。やはり、陽一郎は殺されてどこかに埋められているのではないか。

ひょっとして、竹田城の周辺の警察から、遺体発見の知らせが陽一郎の家に届いているのでは……。

そう思うとじっとしていられなくなって、陽一郎の家に電話をかけた。

「はい。夏川です」

秀子が出た。

「吉森です」

「ああ、吉森さん」

胸をなでおろしたような声だ。

「どうしました、何か」

「いえ。電話が鳴ると、どきっとするのです」

「じゃあ、驚かせてしまいましたね。すみません」

「いえ」

まだ悪い知らせは入っていないようだ。

「じつはゆうべ、ご主人の夢を見ました」

「夢？」

吉森ははっとした。

「どんな夢ですか」

「それが……」

秀子は言いよどんで、

「夢枕に立って、元気で暮らすようにって声をかけ、空にどんどん上っていくんです。

私は夢中で追いかけたのですが、あっと言う間に空のかなたに消えてしまいました」

「………」

「なぜか、主人が私に別れを言いに来たような気がして」

秀子の声は沈んでいった。

「もう主人は生きていないのかもしれませんね」

「奥さん。まだ、そう決めつけるものではありませんよ」

自分の夢見のことは隠して、吉森は声を強める。

「私は、今では彼は自分の意志で失踪したんじゃないかと思うようになってきました」

不吉な想像を払拭させるように、あえて、吉森は続ける。

「奥さんには失礼になるかもしれませんが、夏川は家庭と職場を第一に考え、教師の道を邁進《まいしん》してきたのです。ここに来て、ある程度の成功を納め、彼は満足したのではないでしょうか。そんなときにふと忍び込んできたのが自由になりたいという思いです。彼は人生を突っ走ってきて、疲れがたまっていたんです」

「………」

「そうだとしたら、気持ちの整理がついたら、ふらりと帰ってくるんじゃないでしょうか。私はそんな気がしているのです」

「そうでしょうか」

「ええ。ただ、心配なのは……」

　思いつきを口にした。

「うつです」

「うつ？」

「うつ病を患っていたということはありませんか」

「いえ、そういう兆候はまったくありませんでした。確かに、ストレスはあったでしょうが、それはうまく処理していたと思います」

　吉森も、陽一郎がうつ病に罹《かか》っていたとは思っていない。自分の意志で失踪したとしても、女性といっしょだと思っている。ただ、その想像は秀子には言えなかった。

「奥さん。家の中に何か失踪を窺わせるようなものは残っていませんでしたか。そうだ、たとえば、預貯金です。夏川がいなかったら、彼名義の預貯金は下ろせませんよね。もし自分から失踪するのなら、預貯金は奥様かお子さんのほうに移しておくか、生前贈与という形で……」

「いいえ、そのままです」

「そのまま……」

　もし、自ら失踪するなら、あとあとのことを考えておくだろう。それがないというのは、やはり……。

「でも、子どもたちも独立していますし、私の生活も心配はいりません。ですから、自ら失踪するにしても、そこまで考えを巡らせる必要はありません」

「そうですか」

「それに、私は吉森さんのようには考えていません」

「えっ？」

「人生に疲れ、ひとりになりたいなんて、およそあのひとらしくありません。それに、仮にそうだとしたら、吉森さんに相談していたはずです。主人は吉森さんは無二の親友だと言ってました。そんな吉森さんに何も言わずに失踪するはずがありません」

　秀子は言い切った。吉森は、やはり陽一郎のことをよく知っていると思った。

「では、奥さんはどう考えているのですか」

「私は……」

　はっとなった。秀子は女の存在を考えているのではないかと思った。何か根拠があるのだろうか。もしかしたら、携帯の履歴に……。

「そうそう、夏川の携帯は戻ってきたのですよね」

　吉森は話題を変えるように言う。

「はい」

「携帯に何か手掛かりは？」

「通話履歴の最後は吉森さんです。履歴に見知らぬひととの連絡はありませんでした。メールも同じです」

「電話帳に登録されているひとはどうですか」

「みなさんに確かめましたけど、誰も主人の行方を知りませんでした」

いや、城巡りのたびに会っている女性がいたとしたら、携帯で連絡をとりあっていたはずだ。竹田城に携帯が落ちていたのは、誤って落としたのではなく、わざと捨てたのであろう。電波から位置を探し出されるかもしれないからだ。

その際、恋人とのやりとりの履歴や電話帳の名は削除したはずだ。もし残っていて、秀子が電話を入れたとしても、先方は当然、知らないと答えるはずだ。

秀子も携帯から手掛かりを得ようとしたのだろうが、吉森が見ればまた違う何かに気づくかもしれない。

「奥さん。その携帯を見せていただけませんか」

「構いませんが」

「ほんとうなら、札幌までお伺いしたいのですが、なかなか遠出が出来そうもなくて」

「じつは来週、東京に行く予定なんです」

「東京へ？」

「はい。私の妹が東京にいるのです。今後の相談もあって」

「そうですか」

ぜひ、会いたいと思った。秀子から何か手掛かりとなることが聞けるかもしれない。

「では、私も東京に行きます。お会いできますか」

「はい。構いません。そのとき、携帯を持ってまいります」

秀子は行く日にちが決まったら連絡すると言って電話を切った。

秀子は夏川に女がいるという疑いを持っているのだろうか。夏川の行動に何か疑わしいところがあったのか。

あるいは、秀子は以前から夏川の行動に不審を持っていたのかもしれない。改めて、ふたりの関係がどうだったのか気になった。

夫婦円満で仕合わせな家庭だと思い込んでいたが、実際は違ったのかもしれない。ともかく、秀子から札幌での陽一郎の暮らしぶりを聞く必要がある。吉森の知らない陽一郎の姿が見えてくるかもしれない。

5

谷岡から京介に連絡があったのは、蒲田に出かけた翌日の朝だった。

「わかった。『愛人』という店だ」

「よくわかったな」

「昨夜、知り合いの風俗ライターといっしょに川崎のキャバクラ巡りをしたんだ。といっても遊んだわけじゃない。店の中に入って、例の男を探しただけだ。三軒目で、見つけたけどね」

「そう。で、何かわかった？」

「男は店長で、倉沢《くらさわ》という男だ。あの店は女の子の年齢がやや高いが、皆美人でおとなの魅力が売りらしいんだ。もうひとつ、愛人に出来るかもしれないという夢を持たせるところも売りらしい」

「愛人か」

「かなり阿漕《あこぎ》なこともやっているようだ」

「阿漕？」

「店を通して客と女の子に愛人契約を結ばせている。まあ、言ってみれば、売春させているんだ」

「そんな店で、えりかは働いていたのか」

そこまで転落していたのかと、京介は暗い気持ちになった。

「店の女の子に、えりかのことをきいたんだ。そうしたら、えりかは店を辞めたがっていたそうだ」

「辞める？」

「まだ、入って三カ月らしい。そんな店だと思わずに高給に釣られて働きだしたのだろう。ところが、売春クラブのような店だと気づいて、辞めようとした。だが、店側は契約違反だと言って、辞めさせないらしい」

「ひどい店だ」

京介は憤慨した。

「客のなかにえりかを気に入っている社長がいて、店のほうではえりかに愛人契約を結ばせようとしていて、それがいやで逃げ出したようだ」

「なぜ、さっさと辞めないんだ？」

「店に入る前に、えりかは支度金をもらっている。契約違反だからといって、違約金と損害賠償を要求されているらしい。それが払えないなら言うことを聞けということだ」

「無茶な話だ」

「だから、倉沢に会って、えりかの弁護人に鶴見京介という弁護士がついた。今後、えりかの件ではすべて鶴見弁護士を通すようにと伝えてしまった」

「おいおい」

「すまない」

「まあ、仕方ない。えりかに連絡をとってみる」

電話を切ったあと、京介は小塚の携帯に電話した。出るか出ないか心配したが、小塚が出た。

「もしもし、鶴見です」

「はい」

小塚が応じる。

「えりかさん、そばにいらっしゃいますか」

「ええ」

「代わっていただけますか」

「何か」

「川崎の『愛人』という店のことです。もし、えりかさんさえよろしければ、私が倉沢という店長と話をつけますが」

「…………」

迷っているようだ。

「もしもし」

「ちょっとお待ちください」

しばらく間があってから、

「はい、えりかです」

沈んだ女の声がした。

「私は夏川先生の中学校時代の教え子で、弁護士の鶴見と申します。あなたは、川崎の『愛人』という店の倉沢という店長から逃げているのですね」

「はい」

「このままでは埒《らち》が明きません。あなたの代理として、私に任せていただけませんか。これから、倉沢とは私が話します。あなたの前には顔を出させません」

「どうして、そこまで？」

「夏川先生の教え子同士ですから」

「…………」

「今、どちらにいらっしゃるのですか」

どこかのホテルか友人の部屋に潜り込んでいるのかと思ったが、

「札幌の私の実家です」

と、彼女は答えた。

「そうですか。札幌に……。で、どうするつもりだったのですか」

「わかりません。ただ、怖くなって逃げてきただけで、何も考えていません」

「いったい、何があったのですか」

「店長から、お客の男性の愛人になるように言われました」

「あなたはそれを断わったのですね」

「はい。そうしたら、契約違反だから五百万払えと」

「そんな契約をしたのですか」

「お店に入るとき、お店の方針に従うという内容の契約をかわし、支度金として五十万円いただきました」

「あなたは、どうして『愛人』に勤めるようになったのですか」

「倉沢さんから誘われたんです。うちなら客のレベルも高いし、もっと高給を出せるからと」

「なるほど。わかりました。このままではいけません。私が代理人になったのですから、お店のことは私に任せて、安心して東京に戻ってきてください。まず、この件を解決しましょう」

「………」

「あなたはどうしたいのですか」

「お店を辞めたいんです。でも、違約金なんか払えません」

「わかりました。それで向こうと交渉します。だから、東京に戻ってください」

「ちょっとお待ちください」

えりかは小塚に今の話をしているのだろう。

ようやく声が聞こえた。

「もしもし」

小塚の声だった。

「ほんとうに、だいじょうぶなんですか」

「ええ、悪いようにはしません。向こうは違法なことをしているのですから」

「わかりました。すぐ、東京に帰ります」

「そうしてください。着いたら連絡を」

「はい」

最後に小塚の声が明るくなっていた。

電話を切ったあとで、京介は谷岡からきいた倉沢の携帯に電話を入れた。

「弁護士の鶴見です」

「なんですか」

「えりかさんの代理人になりましたので、ご挨拶をいたします。今後、彼女に関することはすべて私を通していただくようお願い申し上げます」

「弁護士の先生が出るような問題じゃない」

「しかし、契約違反だというあなた方の主張に……」

「わかった」

倉沢が京介の声を遮った。

「こっちも顧問弁護士にお願いしましょう。あとで、うちの先生から挨拶させますよ」

無気味に笑って、倉沢は電話を切った。


午後から地裁の民事法廷に出て、三時過ぎに事務所に帰ると、事務員が客が待っているると告げた。

入口横にある簡単な待合の椅子から四十過ぎの男が立ち上がった。髪の毛はすべて剃《そ》ってあり、色は浅黒く精悍《せいかん》な顔つきだ。背広の襟にひまわりのバッジがなければ、とうてい弁護士とは思えない。

「勝手に待たせてもらいました。鶴見先生ですね」

「はい。鶴見です」

「川崎の『愛人』の顧問弁護士の近田《ちかだ》です」

「ああ。さっそく、来てくださったのですか。さあ、どうぞ」

京介は部屋に案内した。

「コーヒーをお願いします」

事務員に頼み、応接セットのテーブルをはさんで近田と向かい合う。

コーヒーが届いてから、近田が切り出した。

「ざっくばらんに、そちらの言い分をお聞きしましょうか」

「いや。まず、『愛人』側が何を求めているのかから、お聞かせください。ほんとうに愛人契約をさせようとしたのかを含めてお話し願えますか」

「いいでしょう」

近田は体を起こし、コーヒーをブラックで口に含んでから、

「葉田えりかさんは入店するに当たり、店の方針に無条件に従うという契約書にサインをし、支度金五十万円をもらっています。なのに、今回、店長の指示に従わず、あまつさえ、勝手に店を辞めようとした。立派な義務違反です。だから、店長は彼女に義務を果たさせようとした。当然の行為です」

「店長の指示とは何ですか」

「客との食事に付き合うということです」

「愛人契約をするということではないのですね」

「そんなことはしていません。客と女の子が会って、その上で愛人になるかどうかは店の与《あずか》りしらないことですがね」

「ほんとうに食事だけの指示なのですね」

「そうです」

「なぜ、食事だけなのに、お店が指示をするのですか。同伴出勤なら、手当てがつくん

でしょう。だったら、女性の自由でいいんじゃないですか」

「客の中には食事にも誘えない初《うぶ》な男性もいるんです。そういう場合、店が間に入ってやるのです」

「なるほど。そうすると、えりかさんが指示された相手はどこかの社長さんだそうですが、そんな社長さんでも初な男性ということですか」

「まあ、いくつになっても奥手のひとは奥手のままなんじゃないですか」

「えりかさんが食事に行けという指示に従わないのはどうしてでしょうか。よほど、いやな男なんでしょうかね」

「そうなんでしょうね。でも、仕事なんだから」

「その程度のことを拒否したからって、五百万の違約金ですか」

「業務命令を拒んだのですからね」

「そのことで何かお店に損害があったのですか」

「そりゃ、ありますよ。客をひとり失うかもしれないんです」

「他の女性に頼めばいいことでは？」

「その客が、えりかさんじゃなければだめだと言っているんです。他の女性ではだめなんですよ」

「そのお客の名前を教えていただけますか。ほんとうに、他の女性ではだめなのか、私のほうも確かめたいので」

「お客さんに迷惑がかかりますからね」

「食事を誘っただけなのでしょう」

「キャバクラに行っていることがバレてしまうとね」

「人前で、その方と話すわけではありません。他のひとに知られる心配はありません」

京介が手帳を出して名前を控えようとした。

「教えられませんな」

「なら、そのひとがほんとうにあなたが仰ったようなことを言っていたかどうかわかりませんね。わかりました。えりかさんから聞きます」

「鶴見先生」

近田が語調を変えた。

「もう、無駄な駆け引きはやめて、結論に行きましょう。そちらの希望を話してくれませんか」

「違約金などと言って多額の金を要求することなく、お店を辞めさせる。もう一切、彼女とは関わらない。以上です」

「そうなると、店のほうは大損害ですな」

「たかが食事に付き合わないだけで、お店が損するとは思えませんね。これが愛人契約を結ぶということであれば、客からまとまったお金が店に入るということも考えられますが」

京介は、

「お店側の要求をお聞かせください」

と、促す。

「それはもちろん、えりかさんに店長の指示に従って、これからも店で働いてもらうのが一番です。でも、それが叶わないのなら、辞める代わりに店が得られるはずだった利益を補償してもらいます」

「食事に付き合わせるだけでも、お店は客から某《なにがし》かの金をとっているということですね」

「それだけでなく、今後とも店に通ってくれることを考えたら、かなりの額になります」

「代わりの女性で用は足せるでしょう。仮に、えりかさんがその客と食事をしたとしても、気に入られないかもしれませんよ。また、堂々巡りになってしまいます。はっきり言いましょう。私は店長の指示は愛人契約を結ばせることだったと思っています。今、その証拠を調べています」

「あなたの言う通り、食事を断わっただけで高額の損害賠償を請求するのはおかしい。

これは撤回しましょう」

　近田は譲歩したあとで、

「しかし、入店時の契約を破ったのですから、支度金五十万の返却はしていただかないと」

「しかし、お店の方針に従うという契約には、愛人になるということまでは含まれていませんよ」

「そうです。店には愛人システムなんて存在しません。辞めたあと、そんなデマを言いふらされたら店にとっても打撃です。辞めてもよけいなことを言わない。そう約束してもらいたい」

「では、えりかさんがお店を辞めることを認め、今後一切干渉しない。また、支度金の返済も求めない。その代わり、『愛人』で店長の指示のもとで客と愛人契約を結ばせる愛人システムについては口外しない。そういうことですね」

「そういうことです」

　近田は含み笑いをした。

　最初から、近田は愛人システムのことを口外しないよう、釘を刺しにきただけなのかもしれない。

帰ってきたという知らせが小塚からあり、京介と谷岡が蒲田のアパートに向かったのは翌日の夜だった。

アパートの部屋に着いてチャイムを鳴らすと、女の声で応答があった。

「弁護士の鶴見です」

ドアが開いて、派手な感じの女性が現われた。その背後から、二十七、八歳の男が顔を出した。頬骨の突き出た、痩せた男だ。

「ほんとうに、お店のほうと話し合いがついたのですね」

えりかがきいた。

「ええ、つきました。電話でお話ししたように今後一切関係ありません。あなたのほうもお店のことは一切口外しない。そういう条件です」

「ありがとうございました」

小塚が頭を下げた。

「私たちは札幌中央第二中学校時代に夏川先生に教えを受けた者です。先生が失踪されたことをご存じですか」

「ええ、知ってます」

「そのことで、少しお話をお伺いしたいんです」

「部屋が狭いので、近くにある喫茶店でいいですか」

「もちろん。おふたりごいっしょに話が出来るとありがたいのですが」

えりかが、

「あとから行きます」

と、答えた。

廊下で待っていると、小塚がサンダルをつっかけて出てきた。

「行きましょう」

小塚は先に立ち、階段を下りた。

町工場の並びに、喫茶店があった。奥に細長い店で、壁際にテーブルが四つあった。

一番手前に腰を下ろした。

コーヒーを三つ頼んでから、

「夏川先生が竹田城に行かれたのをご存じですか」

谷岡がきいた。

「知っています。札幌の友人が話していました」

「どうして、ご友人はそんなことを知っているんですか」

「知り合いの子どもが月夜野高校に通っていて、先生の噂をよくしているそうです。たまたま、友人と電話で話していたら先生の話になって」

「先生は竹田城に行ったまま帰って来ません。心当たりはありませんか」

「ありません」

小塚は首を横に振る。

「あなた方が在籍していた頃は、学校はずいぶん荒れていたようですね」

京介は口をはさむ。

「親や周囲に見放された者ばかりが集まっていましたからね。まあ、そんな中でも、俺なんか特に迷惑かけましたけど」

「夏川先生とは衝突したこともありましたか」

「年中です。しつこかったから」

「しつこい？」

「俺は地元の不良仲間と付き合っていたんです。その仲間と縁を切らせようと、放課後も俺のあとをつけてきた。不良仲間にも、小塚に近寄るなと迫ったり……」

夏川先生は体を張って生徒を守ろうとしていたのだろう。

「おかげで卒業するまでに、不良仲間との付き合いは途絶えました」

「あなたは夏川先生をどう思っていたのですか」

谷岡が口をはさむ。

「うざかった」

小塚が苦笑する。

「でも、不良仲間から離れられたのですね」

「なんで、そんなことをきくのですか」

小塚が訝《いぶか》しげな顔をした。

「先生を恨んでいる人間がいないか、探しているんです」

「先生を恨む？」

小塚は顔色を変え、

「先生の失踪に何か……」

と、きいた。

「可能性を探しているのです。先生を恨んでいる人間を知りませんか」

京介がさらにきく。

「知りません」

「あなたは、先生を貶めようとしたことがあったそうですね」

谷岡が踏みこんで言う。

「………」

「何があったか教えてくれませんか」

そのとき、えりかがやって来た。ピンクのカーディガンを引っ掛け、薄く化粧をしていた。この美しさではキャバクラでも目立った存在だったろう。

「あのことをきかれた」

小塚がえりかに話す。

「どうして？」

「先生を恨んでいる人間がいないか、探しているんだって」

「先生は事件に巻き込まれたのですか」

えりかが細い眉をよせた。

「まだ、わかりません。あらゆる可能性をつぶしていっているところです」

京介は説明する。

「わかったわ。ちゃんと話しましょう」

えりかが小塚に顔を向ける。

「よし、そうしよう」

小塚も頷《うなず》いた。

「学校を卒業したら、また不良仲間が向こうから寄ってきて、付き合いがはじまった。そうしたら、先生がまた聞きつけて乗りこんできた」

「卒業したら関係ないじゃん、って言っても、あの先生、きかなかった」

えりかが小塚のあとを引き取って言う。

「あなた方は先生をはめようとしたそうですね」

「仲間のリーダーの男が、先生の信用を失墜させるために、私に暴行されたと訴えろと命令したんです。でも、すぐ、嘘がバレてしまったわ」

「夏川先生はあなたたちを虚偽告訴罪で訴えたそうですね」

「ええ。おかげで取調べを受けました」

「そのことで、夏川先生を恨んだんじゃないですか」

あえて「逆恨み」という言葉は使わなかった。

「そのときは」

小塚が言う。

「そのときは？」

「あとでわかったんですが、虚偽告訴罪で訴えたあと、先生は不良仲間のリーダーに、このままでは、ふたりはおまえたちにそそのかされてやったと自供するだろう。もうこれ以上、ふたりに近づかないと約束するなら、訴えを取り下げると掛け合ったそうです。それで、訴えは取り下げられました」

「じゃあ、先生が虚偽告訴罪で訴えたのは、ふたりを不良仲間から引き離すため？」

「そうです。おかげで、あいつらと縁が切れました。あのままだったら、俺も道を踏み外したままだったかもしれません。みんな、先生のおかげなんです」

小塚はしみじみ言う。

「ふたりとも先生に感謝しているんです」

えりかも真剣な眼差しで言う。

「ふたりで東京に出ると報告に行ったら、頑張ってお金を貯めてお店を持てと言ってくれたんです。ときたま、電話をくれて励ましてくれました。今では、先生は俺たちにとっては恩人なんです。卒業したあとも、こっちのことを心配してくれて」

小塚は陽一郎に対する感謝の念を述べた。

「おふたりは竹田城に行ったことはありますか」

谷岡が念のためにきいた。

「いえ、東京に来てから、熱海より先に行ったことはありません」

「二週間ほど前の週末、あなた方はどこかに出かけられたとか」

「はい」

「どちらに?」

「熱海です」

「そのときが熱海?」

「はい。じつは、店長から、その日に客の別荘に泊まり掛けで遊びに行くように言われたんです。他の女の子もいっしょでした。断わりきれなくて」

えりかの言葉を引き取って、

「俺は心配だから熱海まで出かけたんです。近くにいて、何かあったらすぐに駆けつけられるように」

ふたりが陽一郎の失踪に関係ないことは明白だった。

京介は谷岡と顔を見合わせ、安堵のため息を漏らした。

小塚とえりかの言葉に嘘はないようだ。

第三章　第四の女

1

吉森は銀座通りにある喫茶店に約束の時間より早く着いた。二階の窓際のテーブルには明るい午後の陽射しがガラス窓を透かして射し込んでいる。

今朝、『のぞみ』で新神戸を発ち、東京駅から有楽町まで出て、ここまで歩いてきた。足もだいぶよくなっている。

ここは昔よく陽一郎と待ち合わせた場所だ。一度、知り合いと待ち合わせたとき、陽一郎が若い女性と奥のテーブルにいたのに出くわしたことがあった。

陽一郎は女性との待ち合わせにもここをよく利用していたようだ。そんなところに秀子を呼びつけることに躊躇するものがあったが、他に待ち合わせ場所が思いつかなかったのと、秀子もこの場所を知っていたので、ここに決めたのだ。

陽一郎の失踪から三週間過ぎた。秀子は捜索願いを早い段階から出しているが、警察は身許不明の死体との照合をしているだけらしい。

警察は事件性はないと見ているようだ。確かに、陽一郎の周辺でトラブルはない。何かあれば、誰かの口から漏れてきそうだが、それもない。また、竹田城周辺で事件や事故も起きていない。

陽一郎が事件に巻き込まれた形跡は何もないのだ。そのことで、秀子も自ら失踪したと考えはじめているようだ。あるいは、女といっしょだと考えているのかもしれない。その根拠があるのだろうか。

階段を上がって来た婦人がテーブル席を見回していた。秀子だ。勢津子の葬儀以来だから五年ぶりになる。

そのときとあまり変わらないが、少し痩せたように見えた。

吉森は腰を浮かして軽く手を上げた。気づいて、秀子はこっちにやって来る。白いブラウスに薄いピンクのブレザーを羽織っている。

「ご無沙汰しています」

秀子は軽く会釈して、腰をおろした。

ウエートレスにレモンティーを注文したのを待って、

「いつこちらに？」

吉森はきいた。

「きのうです。赤羽にいる妹の家に世話になっています」

秀子は目のまわりに隈《くま》ができ、心労が見てとれた。眠れない日々が続いているのだろう。

「銀座は賑《にぎ》やかですね」

秀子は窓の外を見た。

「銀座に来たのなんて、何年振りかしら」

「私もそうです。神戸に転勤になってから、一度来ただけです。十年振りですよ」

「時間が経つのは早いものですね」

ウエートレスがレモンティーを運んできた。吉森のコーヒーカップは空《から》になっていた。

「三週間以上経ちましたね」

そう言って、吉森は陽一郎の話題を出した。

「はい」

「いったい、どこで何をしているのか」

陽一郎が生きていることを前提に話す。

「最近は……」

スプーンを使いながら、秀子は呟くように続けた。

「どこかで生きていてくれたら、それでいいと思うようになりました」

その言い方には深い意味が隠されていると思った。別の女性と暮らしているのだとしても元気でいて欲しい。そう受け取れた。

「奥さんは、夏川が誰かといっしょにいるとお考えですか」

吉森は思い切ってきいた。

「はい」

一拍の間《ま》があって、秀子は答えた。

「誰かとは？」

吉森は秀子の顔を覗き込む。

「………」

「女性ですか」

「だと、思います」

秀子は認めた。

「何か根拠があるのですか」

吉森は踏み込んできく。

「………」

秀子は寂しそうな顔をした。

「夏川は独身のとき、それなりに遊んでいたことは確かです。女性にもてましたから。

ですが、札幌に帰り、あなたと結婚してからはまったく人間が変わってしまったかのように奥さん一途《いちず》でした。そのことは奥さんが一番ご存じだと思うのですが」

「ええ」

「札幌に遊びに行き、彼と何度か北海道の温泉に行きました。彼は家庭と教師の職以外、興味はないと言ってました。女性に言い寄られても、毅然《きぜん》とした態度を崩さなかったそうではありませんか」

しかし、吉森もそんな夏川がこっそり付き合ってきた女性がいたのではないかという疑いを持っている。可能性として考えているのが中学校の教師時代の教え子だ。

学校を卒業したあと、ふたりは密かに交際を続け、城巡りの旅と称して会っていた。

そういう疑いを抱いていることを隠し、吉森は秀子にきいた。

「夏川に女がいたなんて信じられません。何か心当たりでも?」

「主人はほんとうに家庭を大事にしてくれました。仕事も忙しかったせいもあるでしょうが、遊ぶ時間なんてなかったと思います。同じ教師として教育について話し合うこともありました。外出はいつも私といっしょでした。教師という立場からでしょうか、女子生徒や生徒の母親と会うときは、ひとりでは会わないようにしていました。そういう面では潔癖過ぎるほどでした」

「では、どうして?」

吉森は身を乗り出した。

「ええ」

秀子は思いだすように、

「私は主人の行動に不審を抱いたことはまったくありませんでした。旅行から帰ったときも必ず旅先での話をしてくれました。夜遅く帰っても、誰と会ってきたと何でも話してくれました。でも、そんな主人が去年の十一月……」

「去年の十一月に何か」

吉森は去年、何かあったか思い返してみた。電話で何度か陽一郎と話したが、特に変わったことはなかった。

「私立学校の懇親会のパーティで市内のホテルに出かけた夜、主人は思いつめた顔で帰ってきたんです。いつものように私にはいろいろ話してくれましたが、ときどき上《うわ》の空になって」

「…………」

「何かを隠しているようでした」

秀子は厳しい顔で続ける。

「それから一カ月後。主人は急に休みがとれたので旅行してくると言って出かけたんです。十二月だというのに。行き先は津和野《つわの》だと言ってました。三日後に帰ってきたときも何だか、いつもと顔つきが違っていました」

「津和野の話は？」

「あまり、しませんでした」

「あなたはどう思ったのですか」

「体の具合でも悪いのかと思いましたが、その後、学校の定期健康診断でも悪いところはどこも見つかりませんでした。でも、それ以来、ときたま思いつめた目をしていることがあって。少し疲れているのかもしれないと思った程度でした。ただ」

「…………」

「津和野に行く一週間前の夜、携帯に電話がかかってすぐ自分の部屋に入り、三十分以上出てきませんでした。あんな長電話は珍しいことでした。終わっても、電話の相手のことは何も言いませんでした」

「相手は女性だと思ったのですね」

「いえ、そのときはそこまで考えませんでした。それ以外に主人に特に変わったことはありませんでしたから、すっかり忘れていたんです。でも、今回、こんなことになって、改めて思い返してみたんです。ですから、携帯が戻ってきたとき、電話帳を調べてみました。そして、登録されている番号のところにすべて電話しました。でも、去年の長電話の相手はいませんでした」

「いなかった？」

「はい。電話帳から削除したんだと思います」

　事件性があれば、警察に頼んで携帯会社の記録を調べることが出来るかもしれないが……。

「竹田城で、その相手と落ち合ったとお思いなのですね」

「そうではないでしょうか。携帯も落としたのではなく、捨てたのだと思います。居場所を知られてしまいますから。もちろん、その相手との通話の履歴は削除してから」

　吉森と同じ結論に至っている。

「その相手は女性だとお考えなんですね」

「もちろんです。去年、懇親会のパーティに出かけたとき、そのホテルで会ったんじゃないでしょうか」

「その懇親会のパーティに出席したひとに話をきいてみましたか」

「はい。何人かに。でも、主人が女性と話していたのを見ていたひとはいませんでした」

「西田さんにも？」

「いえ、あのひとはパーティに参加していません。理事や校長、教頭クラスの集まりだったのですから」

だから、西田はこのことを知らなかったのだ。

「それ以前に、夏川に不審なところはなかったのですか」

「はい」

「気がつかなかっただけということは?」

「何かあれば気がついたと思います。ですから、若い頃に付き合っていた女性ではないかと思うのですが」

秀子は睨むように吉森を見て、

「さっき、吉森さんは、夏川が独身のときはそれなりに遊んでいたと仰いましたわね。その当時の女性ではないかしら」

「さあ」

吉森は返答に窮した。自分もその可能性を考えていた、とは言えなかった。

「あれから四十年経っています。当時二十代だった女性も六十過ぎです」

「今の六十代は若いですわ。でも」

秀子はふと眦《まなじり》をつり上げるように、

「私は昔の恋が再燃したとは、じつは思っていません。それだけじゃ、私たちを捨てるには理由が弱いと思います。そこにもうひとり、誰かがいたんじゃないでしょうか」

吉森は胸をえぐられたような衝撃を受けた。秀子は俺と同じことを考えているのだと思った。

「奥さんは……」

吉森は声が詰まった。

「夏川に子どもがいたと思っているのですね」

「ほんとうは、吉森さんも、そう思っていらっしゃるんじゃないのでしょうか」

秀子は悲しそうな笑みを浮かべた。

「いや、そんなことはありません」

吉森は自分の声が弱々しいのがわかった。

「どうなんですか。主人にはどこかに子どもがいたんじゃありませんか」

「いえ、いません。いれば、私だって気がつきます。子どもはいません」

「では、女が勝手に産んで、育てたのかしら」

秀子の目に嫉妬の炎が一瞬燃えた。

「吉森さん。ほんとうのことを仰っていただけませんか」

「ほんとうのこと？」

「はい。あなたは、主人の相手の女性を知っているんじゃありませんか。主人から聞いているんでしょう？」

「とんでもない。何も聞いていません」

「でも、竹田城に行く前の夜、いっしょだったんですよね」

「いっしょでした。遅くまで呑みました。でも、失踪を窺わせるような話は一切しませんでした」

秀子は疑わしい目を向ける。

「奥さん。夏川は何も言いませんでした。もし、奥さんの言うことが当たっているとしたら、私には打ち明けたと思います。彼は何も言わなかった」

「………」

「もちろん、仮にそうだったとして、そのことを夏川から打ち明けられていたら、そもそも私は奥さんに会いに来ません。私も失踪の理由を知りたいから奥さんに会おうとしたのです」

吉森は必死に弁明したが、ほんとうに夏川が自分に打ち明けてくれたかどうか、自信はない。秘密を守りたいのなら、俺にも黙っていたろう。

「では、吉森さんの知らない女性でしょうか」

秀子は固執した。

「いや。彼は若い頃付き合っている女性のことはなんでも話してくれました。何の隠し立てもなかったはずです」

果してそうだったろうか。俺には隠していたが、真剣に付き合っていた女がいたのではないか。

「吉森さん」

秀子は思いつめたような目を向けた。

「私はもう、そっとしておこうと思うのです」

「………」

吉森は唖然《あぜん》として秀子を見る。

「他の女のところに行ったにしろ、それは主人の意志なんです。それならそれを尊重してあげようと思うのです」

「諦めるというのですか」

「諦め、ではありません。認めるのです。主人が自分で新しい生き方を求めたのですから、私たちがどんなに騒ごうが無駄です」

「奥さん。夏川は必ず帰ってきます。そのとき、迎え入れてやらないのですか」

吉森は抗議した。

「わかりません。自分の気持ちがどうなっているか自信がありません。今まで信じてきたぶん、ショックが大きいんです」

秀子は俯《うつむ》いた。

「わかります。そのお気持ち。でも、夏川は必ず戻ってきます」

「そうですね。何年先か……。でも、そのとき、私はいいおばあさんになっているでしょう」

秀子は、はかなく笑った。

「そろそろ、行かないと」

秀子はそう言ったあとで、思いだしたようにバッグから携帯を取り出した。

「これ、主人のです」

「しばらくお借りしてよろしいでしょうか」

「どうぞ」

秀子が伝票を摑もうとしたのを、

「ここは構いません。私はもう少しいますので」

「では」

秀子は会釈をして、階段に向かった。

吉森はウエートレスを呼んで、コーヒーのお代わりを頼んだ。

陽一郎の携帯を開く。

履歴を見てみる。最後は吉森が何度もかけている。竹田城の第二駐車場の近くに落としてからのものだ。

竹田城に行く数日前からの履歴はあまりない。明らかに削除してある。やはり、携帯から手掛かりを得ようとするのは無理のようだ。あれこれいじくりまわしても、新しい発見はなかった。

窓の外に目をやる。銀座四丁目のほうにゆっくり歩いていく秀子の姿が小さく見えた。彼女の言うとおり、このままそっとしておいてやるのが夏川のためかもしれない。

いつの間にか、新しいコーヒーが運ばれてきていた。

2

京介が十時前に虎ノ門の事務所に行くと、すでに吉森が待っていた。

「早く来過ぎてしまった」

吉森は立ち上がって挨拶する。

「さあ、どうぞ」

京介は部屋に案内し、応接セットのソファーを勧める。

「きのうはどちらにお泊まりでしたか」

京介は鞄の中味を取り出して机に置いてから、吉森の前に座った。

「東京駅八重洲口の近くにあるビジネスホテルだ。昼過ぎの新幹線で帰るつもりです」

「そうそう、神戸に行く日、夏川先生はここにいらっしゃって、そのソファーに座られたんです」

京介はそのときの光景を思いだした。

「そう。ここに夏川が座ったのか」

吉森は感慨深そうだ。

「あのあと、神戸で吉森さんとお会いになったんですね」

「そうです。広東の家庭料理の店に連れていったら、おいしいと喜んでくれた。お酒もたくさん呑んでね」

吉森はしんみりと話す。

ドアがノックされて開き、事務員がコーヒーを淹れて持ってきた。

「朝、ホテルの朝食でコーヒーを呑まれたばかりでしたか」

京介は気づいてきいた。

「ご心配なく。コーヒーは好きだからね」

吉森は笑ってから、

「小塚とえりかの件はごくろうさまだったね」

結果の報告はしてあった。

「いえ。おかげで、夏川先生のやさしい人柄に触れることが出来ました。夏川先生は、どんな落ちこぼれの生徒にも全力で向き合っていたんですね。改めて、感銘を受けました」

「ああ。夏川らしいな」

吉森は目を細める。

「小塚さんにききましたが、先生に逆恨みをするような者はいないはずだと断言していました」

「うむ。これで夏川の身に危険が及ぶようなことはないだろうと思うのだが」

「はい。一安心です」

京介もほっとしたように言う。

「ところで、例の高田馬場に住んでいた久美子という女性の行方はわかりましたか」

「いえ、まだです。いま、元刑事の調査員の方に調べてもらっていますから、じきに何かわかると思います」

「期待しよう」

吉森は頷いてから、

「きのう、夏川の奥さんといろいろ話した」

陽一郎の奥さんが東京に出てくるので会いに行くという話は、事前に吉森から知らされていた。

「いかがでしたか」

「奥さんは女といっしょだと思っている」

「なぜ、そう思うのでしょうか」

根拠があるのかと、京介は気になった。これまで、京介や谷岡、そして吉森は可能性だけを考えていろいろ想像してきた。だが、奥さんだったら、何か知ってなければそこまで結論づけはしないだろう。

「去年の十一月、私立学校の懇親会のパーティで市内のホテルに出かけた夜、夏川は思いつめた顔で帰ってきたらしい。それからしばらく経って、誰かから電話があった。長電話で、このときも夏川の様子はいつもと違ったらしい。その電話があったあと、夏川は急に休みがとれたので旅行すると言って、津和野に出かけた。帰ったときの様子も妙だったそうだ」

「ホテルで誰かと会ったのではないかと言うのですね」

「そうだ。その後、津和野へ出かけた。いつもの城巡りのときと様子が違ったのは女といっしょだったからだと、奥さんは思っているんだ」

「確かに、そのことは引っかかりますね」

京介はいま聞いた一連の話の流れを頭の中で整理してみた。

「でも、奥さんは、どうして相手が女性だと思ったんでしょうか」

「平静を装いながら、心ここにあらずの体《てい》だったそうだ」

「それだけで女性と？」

「長年連れ添った奥さんがそう感じたのだからな」

「それからずっと、女のひとだと思っていたんでしょうか」

「いや、今回のことがあって、去年のことを思いだした。それで、相手はやはり女だったんだと合点がいったということのようだ」

「じゃあ、その当時はちょっとおかしいと思っても、女だったとは確信していなかったんですね」

「そうだ。それだけ、夏川を信頼していたんだ。結婚以来、不審な行動をとったことがなかったからだ」

「そうですか」

「それで、その女というのは独身時代に付き合っていた恋人ではないか。そして、その恋人は夏川の子をこっそり産んでいたのではないかと」

「吉森さんも、やはり、そうお考えですね」

「可能性は十分にある。そうだとしたら、当時、付き合っていた三人のうちの誰かだろう。久美子という女性を探し出せれば、他のふたりの女性の手掛かりはつかめる。もうひとつ考えられるのは、中学の教師時代の教え子の可能性だ」

「必ず、久美子という女性は見つかります」

洲本が懸命に調べてくれているのだ。

「奥さんは諦めたそうだ」

吉森がぽつりと言った。

「諦める？　何をですか。まさか」

京介は胸がざわついた。

「夏川の好きにさせてやりたいということだ。私もそれがいいのかもしれないと思うようになった」

「どうしてですか」

意外な言葉に戸惑った。

「夏川は女といっしょだ。その女と残りの人生をやり直そうとし、誰にも告げずに実行に移した。親友の私にも黙っていたのはよほどの覚悟の上だ。一切のしがらみを断ち切って、新しい生き方を求めたのだとしたら、我々がとやかく言うべきではない。そうではないか」

「…………」

「仮に、夏川が見つかったとして、我々は彼になんと言うのだ。いまいっしょにいる女と別れ、奥さんのもとに帰れと言うのか。そんなことを言う権利は我々にはない」

吉森は友を思いやる強い口調で言う。

「そっとしておいてやるべきかもしれない。それが夏川のためだ」

「でも。女性といっしょだというのはほんとうなんでしょうか。そう思い込んでいるだけなんじゃないですか」

京介はややむきになって、

「去年、私立学校の懇親会のパーティから帰ってきたとき、先生は思いつめた顔をしていたという。それからしばらく経って、誰かから電話があった。長電話で、このときも先生の様子はいつもと違った。それから、旅行すると言って、津和野に出かけた。そのときの様子も妙だった。このことだけで、どうして相手が女性だと言い切れるのですか」

「…………」

今度は吉森が黙った。

「相手が男だという可能性だって考えられませんか。思いつめた顔だったり、いつもと様子が違っていたりしたのは、歓迎出来ない相手だったからではないですか」

「どういうことだ？」

吉森の声が震えた。

「先生の弱みを握っている男だったとしたらどうですか。いや、先生に弱みがあるとは思えません。逆かもしれません。その男が何かの犯罪に関わっていて、先生はそのことを知っていた」

「その男に脅されていたと言いたいのか」

「その可能性もあるということです。あるいは、去年のことは、今回の失踪とはまったく関係ないことなのかもしれません」

「…………」

「先生が女といっしょだという証拠はどこにもありません。何らかの理由で、男に脅されていたのかもしれません。そうだとしたら、先生は助けを求めているんじゃありませんか。ようするに、まだ何もわかっていないのです」

「確かに、君の言うとおりだ」

吉森は素直に応じた。

「ひとつひとつ潰していくしかないんです」

「奥さんにはこのことはまだ黙っていよう。よけいなことを言って、混乱させたくない」

そう言って、吉森は立ち上がった。

「鶴見くん。いろいろ世話をかけるが、よろしく頼む」

「はい。お任せください」

京介は胸を叩くように応じた。

「ありがとう。私はこれから神戸に帰る。何かあったら、いつでも連絡してくれ」

吉森と入れ違うように、洲本がやって来た。

「遅くなって申し訳ありませんでした。お探しの久美子らしき女性をようやく見つけました」

「よく見つけましたね。さあ、どうぞ」

洲本にソファーを勧める。

「四十年以上も前だと、警察署や区役所にも当時のアパートの状況を記録した資料は存在しません。したがって、聞き取りでしか、調査は出来ませんでした。それで、時間がかかってしまいました」

「それはたいへんなご苦労でしたね」

「結論から言うと、今はマンションになっている場所に、昔は『曙荘《あけぼのそう》』というアパートがありました。そのマンションに住む老夫婦が昔はその『曙荘』に住んでいて、久美子という女性が隣室に住んでいたことを覚えていたんです」

その老夫婦に辿り着くまで、あちこちを訊ね回ったに違いない。

「苗字も覚えていました。矢野《やの》です。矢野久美子。当時、二十二、三だったということです。実家は丹後《たんご》半島の与謝野《よさの》町だそうです」

「丹後半島ですって」

「朝来市からも、そんなに離れていません」

　朝来市は竹田城のある土地だ。

「老夫婦は矢野久美子から、実家は与謝野鉄幹所縁《てつかんゆかり》の地だと聞いていたそうです。鉄幹の父祖は与謝野町の出身なのでそう名乗ったと」

「なるほど。だから、記憶にあったんですね」

「ええ。で、そこに行って来ました」

「えっ？　丹後半島にですか」

「若い頃、伊根《いね》湾の海沿いに舟屋《ふなや》が並んでいる風景に惹《ひ》かれて、伊根に行ったことがありましてね。そこから、与謝野町までたいした距離ではありません」

　そこまでしてくれたとは驚きだった。

「与謝野町に矢野姓が十数軒ありましたが、一軒一軒訪ねて、岩滝《いわたき》というところで実家を見つけました」

「矢野久美子さんはいたのですか」

　久美子と示し合わせたのなら落ち合う場所が竹田城だというのも頷ける。久美子は車で竹田城の第二駐車場に行く。竹田城を見学して下りてきた陽一郎を拾い、そのまま丹後半島に向かう。

　そんな情景が目に浮かんだ。

「いませんでした。離婚して子どもを連れていったん帰ってきたそうですが、四十を過ぎてまた東京に出たそうです。東京で暮らしているということで、住まいを聞いてきました。川崎の新百合ヶ丘の駅前で、喫茶店をやっていました」

「会ってきたのですか」

「いえ、こっそりお店に入って、確かめてきました。六十過ぎには見えない若々しい女性でした」

「喫茶店ですか」

「洒落た店です。行ってみますか」

「はい」

京介は予定を調べた。すぐに行きたいが、五時までは動きがとれず、夜は弁護士会の人権委員会に、牧原蘭子といっしょに参加することになっていた。

3

京介が洲本と小田急線新百合ヶ丘駅を下りて、洒落た店の並ぶ一角にある矢野久美子の店に入ったのは、翌日の二時過ぎだった。

昼時の喧騒が一段落したのか、山小屋ふうの店内は静かだった。カウンターの向こうに洋酒棚があり、夜はお酒が呑めるようだった。

「いらっしゃい」
二十五、六の女性が水を持ってやってきた。
飲み物を注文したあとで、

「矢野久美子さん、いらっしゃいますか」

と、京介はきいた。

「ええ、奥に」

「私、鶴見と申します。ちょっと、お会いしたいのですが」

「少々、お待ちください」

女性が奥に向かった。

丹後半島に実家があると聞いたときは、胸が高鳴ったが、今は冷めていた。陽一郎といっしょにいるのは久美子ではないと思ったからだ。

若々しい品のいい女性がやって来た。五十代にしか見えない。

洲本が京介の隣に席を移動した。久美子は立ったまま、

「どのような御用でしょうか」

と、不審そうな顔できく。

京介は立ち上がり、

「私は夏川陽一郎先生の教え子で、鶴見と申します」

京介は名刺を差し出した。

「弁護士さん……」

「はい」

「どうぞ、お座りになってください」

そう言うと、久美子は向かいに腰を下ろした。

「夏川陽一郎先生を覚えていらっしゃいますか」

「ええ。ずいぶん昔お付き合いがありましたけど。夏川さんがどうかなさったのですか」

久美子は微かに眉根を寄せる。

「一カ月近く前、行方不明になりました」

「えっ？」

「朝来市の竹田城に行ったまま、帰って来ないのです」

「まあ」

久美子は絶句した。その態度に不自然さはなかった。この女性ではないと確信した。

「どうしたのでしょうか」

久美子が心配そうにきいた。

「わかりません。しかし事件や事故に巻き込まれた可能性は低いと思っています」

「…………」

「今のところ、自らの意志で失踪したのではないかと思われています」

「何があったんでしょうか」

さっきの若い女性がコーヒーを運んできた。

「夏川先生は、昔交際していた女性と再会し、その方といっしょに姿を晦《くら》ましたのかもしれません」

京介は反応を窺うように口にした。

「昔交際していた女性と？　それで、私のところに来たのね」

久美子は頷いた。

「はい」

「残念ながら、私じゃないわ。陽一郎さんとはもう四十年、会っていないもの」

「失礼ですが、昔は親しくお付き合いなさっていたのですね」

「ええ。結婚を望んでいたこともあったけど、あのひとの周囲にはたくさんの女性がいましたからね」

「夏川先生に決まった方はいたのでしょうか」

「わかりません。あのひとが誰を一番好きだったのか。私といっしょのときは私を一番大事に思ってくれていましたけど、他の女性にも同じだったんじゃないかしら」

「あの当時、先生はあなたを含めて三人の女性と付き合っていたと伺いました」

「そうね」

「他のふたりの女性をご存じですか」

「結城《ゆうき》るり子さんと新城《しんじょう》優香《ゆうか》さんよ」

「よく、ご存じですね」

「だって、彼はときたま三人をいっしょに集めたんですもの」

「三人を集めた？」

「ええ。俺は三人とも好きだ。この三人の中から誰かを選ぶことはできないと言っていたわ」

「先生が……」

あの陽一郎がそんなことをするとは信じられない。あまりにも身勝手な振る舞いに思える。自分の知っている陽一郎とは別人だ。

「三人の中で、誰が一番好かれていると思っていたのでしょう」

「みな、自分だと思っていたんじゃないかしら。だから、三人が呼ばれて、彼から突然、札幌に帰ることになったと告げられたときは耳を疑ったわ」

「お母さまの病気が理由だったのではないんですか」

「違うわ」

「違う？」

「結婚したら母親を東京に呼ぶつもりだと言っていたもの。だから、俺の結婚相手は母親とうまくやれる女でないとだめだって。突然、帰ったのは別の理由だと思うわ」

「別の理由？」

「ええ。でも、それは何かわからないけど。もしかしたら、お母さまの見舞いに札幌に帰ったとき、見合いでもしたのかもしれない。その女性の希望を聞き入れ、札幌で暮らすことにしたのかもしれないわ」

「夏川先生が、三人の中から結婚相手を選ばなかったのは、札幌で紹介されたひとと結婚したくなったからでしょうか」

「どうかしら。わからないわ」

久美子は首を振り、

「札幌に帰ってからの陽一郎さんはどんな暮らしぶりでしたの？」

「はい。家庭を大事にしながら、使命感に燃えて教壇に立っていました。生徒と真摯に向き合い、ほとんどの生徒は先生の教え子であったことに誇りを持っています」

「そう……」

「定年を数年後に控えた先生は、荒れた私立高校に乞われて赴任しました。その高校を数年後には立て直し、十年経った今では有名な進学校になっています。今度、先生は文部科学大臣優秀教職員表彰を受けることになったのです」

「ずいぶん、立派ね」

いくぶん皮肉のような笑みが口許に浮かんだ。

「私が知っている彼とはずいぶん違うわ」

「結婚して変わったのかもしれません」

「そうね。いいほうに変わったんだからよかったのかも。でも、結局、本質は変わっていなかったってことね」

「どういうことですか」

「だって、家も仕事も捨てて、昔の恋人と消えちゃったというわけでしょう」

「いえ。まだ、わかりません」

「その相手が、若い頃付き合っていた三人のうちの誰かだと思ったのでしょう。だから、私のところにもやってきた。そうなんでしょう」

「可能性を考えただけで、特に根拠があったわけではありません」

「そう。でも、私じゃないわ」

久美子は言い切った。

「私は彼に捨てられ、自棄《やけ》になって水商売に飛び込んで、そこで客で来ていた男性にくどかれて結婚したの。すぐ子どもが出来たわ。でも、どうしても彼と比較しちゃって。そのせいか、亭主が他の女に走って、あげく離婚。子どもは私が引き取り、別れた亭主がくれた慰謝料とこつこつ貯めたお金でこのお店をはじめたんだけど、ようやく軌道に乗りはじめて、今は毎日が楽しいわ」

「ひょっとして、あのお嬢さん？」

京介はコーヒーを運んできた若い女性のほうに目をやった。

「ええ、娘よ」

久美子はあっさり答えた。

「そうでしたか」

「似ていないでしょう。父親似なのね」

久美子は苦笑した。

「いえ、似ています」

「そうかしら」

「結城るり子さんと新城優香さんが現在、どこに住んでいらっしゃるかわかりませんか」

「結城さんは、たぶん小田急線沿線に住んでいるんじゃないかしら。去年、ご主人とここにやってきたもの。偶然の再会。とっても仕合わせそうだったわ」

久美子は楽しそうに言う。捨てられた女が仕合わせになることが、捨てた男に対する復讐だとでもいうように。

「結城さんも結婚なさっているのですね」

京介は確かめた。

「そう。彼女、ヘアーメイクアーティストで、テレビ局に出入りをしていたわ。いつもさっそうとしていたけど、陽一郎さんが札幌に行ってから、いろんな男と付き合っていたみたい。でも、テレビ局のディレクターだった今の旦那さんと知り合い、結婚したって言っていたわ」

久美子の言うことが真実なら、結城るり子も無関係ということになる。残るは新城優香だ。

「新城優香さんは？」

「知らないわ。あれ以来、会っていないもの」

「新城さんは当時、何をしていたのですか」

「化粧品会社で働いていたと思うけど」

「どこの会社かわかりませんか」

「さあ」

久美子は首を横に振ったあとで、

「もしかしたら、彼女……」

　意味ありげに眉根を寄せた。

「なんですか」

「彼女、陽一郎さんを追って札幌に行ったのかもしれないわ。そんなこと、言っていたもの」

「札幌に行ってどうするつもりだったんですか」

「陽一郎さんの近くで暮らすつもりだったのよ。結婚出来なくてもいい。でもそばにいれば結婚のチャンスがあるかもと、彼女は言っていたわ」

「ずいぶん、積極的なひとなんですね」

「ええ。エキセントリックな南国ふうの美人だったわ。ほんとうに追っていったかどうかわかりませんけど」

「彼女に関して、他に何かご存じのことはありませんか」

「そうね」

　久美子はこめかみに指を当てたが、思いだしたように口を開いた。

「私たち三人以外に彼が付き合っている女性がいないか、彼女、興信所に調査を依頼すると言ってたわ」

「興信所に？　で、結果はどうだったんですか」

「三人以外に付き合っている女性はいなかったと報告してくれたわ。彼に言い寄ってくる女性はいたらしいけど」

「そうですか」

新城優香は行動的な女性のようだ。

「陽一郎さん、手掛かりは全然ないんですか」

久美子がきいた。

「ええ、ありません。女性といっしょなのかもと想像しているだけで、ほんとうのことはわからないんです。第一、自らの意志で失踪したという証拠もありません」

「家庭も職場もうまく行っていたのね」

「はい。周囲からも尊敬を集めていました。以前にも一度、文部科学大臣表彰の機会があったのですが、そのときは辞退したんです。でも、今回は素直に受けることになって、教え子たちも我がことのように喜んで祝福していたのです」

京介はいっきに言ってから、

「ふつうに考えれば、自ら失踪なんてあり得ません」

と、断言するように呟く。

「疲れたのね」

久美子はぽつりと言った。

「優等生でいることに疲れたんだわ。そんなときに、昔の女が突然現われた。そうしたら、何もかも捨てて昔の自分に戻ろうと考えたのもわかるような気がするわ」

「新城優香さんの可能性があると思いますか」

「どうかしら」

久美子はまた軽く首を傾げたが、

「でも、彼女ならありうるかもね」

と、含み笑いをした。

「新城優香さんが、夏川先生の子どもを産んでいたなんて考えられませんか」

「子どもですって」

久美子は呆れたような目を向けた。

「それはありませんよ」

「どうして、そう言えるのですか」

「陽一郎さん、女に妊娠させないように気を配っていたもの。妊娠させてしまったら結婚しなくてはならない。だから、その点は用心深かったわ」

「結婚したいがために、なんとしてでも先生の子を身籠もろうとしたりはしなかったのでしょうか」

「まさか、あのひと……」

久美子は驚いた顔になって、

「妊娠していたから、札幌まで追いかけていったのかしら」

「そういうことも考えられますか」

「彼女ならやりかねないかも。彼女、私たちも騙していたかもしれないわね」

「新城優香さんにつながりがあるひとをご存じありませんか」

「そこまで深く知りません。陽一郎さんを介してだけの付き合いです」

久美子は冷たく言った。

「新城さんは当時、どこに住んでいたか知りませんか」

「聞いてないわ。でも、彼女、ほんとうに陽一郎さんの子どもを産んでいたのかしら。そこまでするなんて、たいしたもんだわ」

久美子は感心した。

新城優香は子どもといっしょに札幌で暮らしていたのだろうか。そして、たまにやってくる陽一郎を待つ。

いや、陽一郎の生活リズムに愛人がいるような気配はなかったはずだ。優香は陽一郎のそばにいながら隠れて暮らしていたのかもしれない。だが、ついに去年、子どもを連れて陽一郎の前に現われた……。

だが、優香は四十年も陽一郎に会わずにいられたのだろうか。同じ札幌にいたら、そのようなことは考えにくいが……。

いずれにしろ、優香が大きな鍵を握っているように思えてならない。だが、優香を探す手掛かりはない。わかっているのは四十年前に化粧品会社に勤めていたということだけだ。会社名もわからない。

「夏川先生の親友で、吉森祐三さんという方がいるのですが、覚えていらっしゃいますか」

京介は最後に久美子にきいた。

「一度、行きつけの店でお友達と会ったことはありましたけど、どんなひとだったか、まったく覚えていません」

京介はコーヒーカップに手を伸ばし、冷めたコーヒーを口にした。

「もう、いいかしら」

いつの間にか、客が立て込んできていた。

「はい。参考になりました。ありがとうございました」

「陽一郎さんのことで何かわかったら知らせてくださいね」

「わかりました」

久美子の店を出て、

「洲本さん。新城優香を探し出せるでしょうか。四十年前に、化粧品会社に勤めていたという手掛かりだけです」

「やってみます。なんとかなるでしょう」

洲本の調査能力に期待するしかなかった。


事務所に戻って、神戸の吉森に電話をした。

「久美子という女性に会ってきました」

「見つかったのですか」

吉森が驚いていた。

「はい。矢野久美子です。彼女から、他のふたりの女性が結城るり子、新城優香だとわかりました」

久美子と会って知ったことを話し、

「矢野久美子と結城るり子は除外できます。問題は新城優香です。久美子の話では、彼女は夏川先生のそばにいれば結婚できるチャンスがあるかもしれないと言っていたそうです。札幌に先生を追いかけて行ったかもしれません。もしかしたら、その後も札幌で暮らしていたのかもしれません」

「確か、彫りの深い顔立ちの美人がいた。かなり、積極的な女だった。あの女が新城優香かもしれない」

「しかし、札幌で暮らしていたとしたら、四十年も先生の前に顔を出さなかったとは思えません。吉森さん」

京介は呼びかけ、

「それなら、先生の奥さまは気がついていたのではないでしょうか」

と、自分の想像を口にした。

「新城優香のことをか」

「はい。結婚当初、なんらかの口実を作って優香は先生の前に現われていたんじゃないかって気がしたんです。念のために、奥さまに確かめていただけませんか」

「名を出すのか」

「そうです。もしかしたら、奥さまは知っているのかもしれません」

「知っている？　だが、夏川に不審なことはなかったと奥さんも言っている」

「はい。去年、先生がホテルで女性と再会したと、奥さまは思い込んでいるようですね。先日もお話ししましたが、あれだけのエピソードでは、再会した相手が女性だとは断定できないはずなんです。でも、奥さまは女性だと言っている。根拠があったからではないでしょうか」

「優香と会っているというのか」

「結婚前、先生と奥さまの前に優香が現われたのではないでしょうか。奥さまは先生の昔の恋人だとすぐ理解したはずです。先生は彼女とは二度と会わないと誓った。その誓いどおり、結婚してからは先生は優香とは会わなかった。それが去年、優香が懇親会の会場であるホテルに現われた。奥さまはそう思ったのではありませんか」

吉森の返事まで間があった。

「わかった。きいてみる」

「お願いいたします」

京介は電話を切った。

内線電話が鳴った。柏田からだ。

「手隙なら、来てくれるか」

「はい。すぐ伺います」

京介は柏田の執務室に向かった。

「夏川先生のほうはどうだね」

「はい。まだ、何もわかっていません。ただ、夏川先生の奥さまは、昔の恋人と残りの人生を生きるために失踪したと思い込んでいます。ただ、私はいま一つ納得できないのですが」

京介は去年の十一月に陽一郎が何者かと会ったらしいこと、その後、誰かから電話がかかってきて長時間話していたり、またひとりで突然旅に出かけたり、妻から見れば不審な時期はあったと話した。

「私の学生時代の友人から聞いた話だが」

そう前置きして、柏田は語りはじめた。

「友人の両親は愛媛の実家でふたりきりで暮らしていた。ところが、父親が六十二歳のとき、突然家出をした。誰も理由はわからず、途方にくれた。父親は市役所に長年勤めていた。役所内での人間関係、住民との対応など、かなりのストレスがあったのだろうと想像された。五年後、友人は父親の居場所を突き止めた。意外にも、実家からそう離れていない松山市内の古いアパートでひとりで暮らしていたそうだ」

「失踪の理由はわかったのですね」

「わかった。父親には独身時代に付き合っていた恋人がいた。その恋人と三十数年振りに再会した。彼女は父親と別れたあと、ずっと独身を通していたそうだ」

京介は話に聞き入った。まるで、陽一郎の話を聞いているようだった。

「だが、彼女は重い病気に罹っていた。余命幾許《いくばく》もなかったそうだ。父親は身寄りのない彼女のために付きっきりで看病してやりたいと思ったが、当然家族に話しても理解は得られない。そう思って失踪した」

柏田は一度言葉を切り、

「実のところ、母親は父親から事情を聞いていた。父親はその上で恋人のところに行った。母親は許したわけではなかった。女のところに行くなら、失踪という形にしてくれと頼んだそうだ。女のプライドだ。昔の恋人の看病のために長い時間家を留守にすることなど許せないというわけだ」

「…………」

「一年後、恋人が亡くなり、いざ父親が家に帰ろうとしたが、母親は許さなかった。父親はそのまま失踪をつづけざるを得なかった」

「奥さんは知っていた……」

京介は驚きを隠せなかった。

「夏川先生のことで参考になるかどうかわからないが、こういうケースもあったということを伝えておきたくてね」

「参考になりました」

自分の部屋に戻ってからも、京介は今聞いた話に衝撃を受けていた。

父親の失踪に、周囲は混乱に陥っただろう。だが、母親は知っていて、口を閉ざしていた。女のプライドを守ろうとした母親の気持ちがわからなくはない。

しかし、陽一郎の妻秀子が事情を知っていて隠しているとは、どうしても思えない。

秀子ははっきりしたことは知らずとも、薄々勘づいていたということはあるかもしれない。そして、そのことを隠している。そんなことがあるだろうか。京介にはわからない。

携帯が鳴っていることに気づいた。吉森からだった。

「鶴見くん」

吉森の声が震えているような気がする。

「何か、ありましたか」

「今、夏川の奥さんに電話をしたんだ。そうしたら……」

吉森が声を詰まらせた。京介は心臓が飛び出さんばかりの激しい動悸《どうき》に襲われた。

「先生に何か」

黙っていることに耐えきれずに、京介は口を開いた。

「警察から電話で、城崎温泉の温泉寺に行く山道の途中で首つりの遺体が見つかった。自殺偽装の疑いもあり、まだ自他殺の判断はつかない。年齢、顔つきや体つきなどが夏川に似ているそうだ」

「………」

京介は言葉を失っていた。

「所持品に身許を示すものはなかった。ただ、着ていた格子縞のシャツに「Y・N」のイニシャルがあったそうだ」

「そんな、違います。先生じゃありません」

京介は叫ぶ。

「私もそう思う。ともかく、明日、奥さんと城崎の警察署に行ってみるつもりだ」

京介は自分も行きたいと思った。だが、あすは法廷があり、時間をとることが出来なかった。

京介は祈るような思いで不安と闘っていた。

4

翌日の昼過ぎ、吉森と秀子は警察署の係官に案内されて遺体安置室に向かった。安置室に向かう廊下に冷たい足音が響いた。

秀子はきのうのうちに飛行機で東京まで来て、妹の家に泊まり、今朝早く東京を発ち、京都から特急で城崎温泉駅にやって来た。

吉森は三ノ宮から特急で向かい、秀子と待ち合わせたのだ。

「遺体は城崎温泉のロープウエイの頂上から中腹にある温泉寺までの山道の途中の木に下がっていました」

係官が説明する。

「たぶん、亡くなったのは一昨日の夕方だろうと思います」

「この温泉に泊まったんでしょうか」

「いえ、各旅館に問い合わせましたが、宿泊はしていません」

係官が立ち止まった。

間を置いて、係官は安置室の扉を開く。

「どうぞ」

ふたりは一瞬足がすくんだ。中に入ると、別の係官が待っていた。

布をかぶせられた遺体が横たわっていた。秀子が足をもつれさせた。吉森も心臓が激しく打ち、呼吸が苦しくなった。

白い手袋をした係官が近づくように言う。

吉森は尻込みした。夏川の遺体と対面するのはいやだと叫び、このまま逃げ出したかった。

秀子はハンカチを握り締めて遺体に一歩近づく。つられて、吉森も足を進ませた。

係官が合掌してから、

「よろしいですか」

ときいて、布に手をかけた。

吉森は固唾《かたず》を呑んだ。布がどけられると、土気色した細面の顔が現われた。唇から僅かに舌が覗いていた。

吉森はさらに近づいて顔を見た。秀子もこわごわ覗く。大きな鼻が横に広がっている。唇も厚そうだ。

「違う。夏川ではない」

思わず、吉森は叫んだ。

「ええ、違うわ。主人じゃありません」

秀子も訴えるように言った。

「違いましたか」

係官が確かめる。

「はい、違います」

吉森は安堵したせいか、つい弾んだ声になった。

警察の車で城崎温泉駅まで送ってもらった。

「やっぱり、東京までお帰りに？」

秀子のこれから六時間をかけての帰京を心配する。

駅の時刻表を見ながら、

「今日中に、妹のところに帰れそうもありませんね」

「よろしければ、私の家に泊まりませんか。娘の家ですが」

「いえ。主人はどのホテルに泊まったのでしょうか。そこに泊まります」

「わかりました。じゃあ、そこに部屋をおとりしましょう」

吉森は三ノ宮までの乗車券と特急券をふたり分買った。

特急が発車するまでの間に、秀子は家族のところに結果を連絡した。吉森もまず京介のところに電話をした。

「もしもし」

京介が出た。

「違った。夏川ではなかった」

吉森が言うと、京介から安堵のため息が漏れたのがわかった。

「そうですか。よかった」

「死んだひとの家族には申し訳ないが、安心した。だが、夏川の行方がわかったわけではないから」

「奥さまもさぞほっとされたでしょうね」

「今夜は三宮のオリンパスホテルに泊まるそうだ」

夏川が泊まり、京介が泊まったホテルだ。

「そうですか。奥さまは、先生の失踪の理由を知っているご様子はなさそうですね」

「失踪の理由を知っている？」

「いえ。じつはうちの柏田先生が、ご友人の話をしてくれたんです」

京介はその話をかい摘んで話した。

（女のプライドか……）

電話を切ってから、吉森は秀子が何かを隠している可能性を考えた。自分のプライドを守るため、秀子が嘘をついている。そのようなことがあるかどうか。吉森にはわからなかった。

もし、夏川が女といっしょだとわかっているなら、わざわざ死体の身許確認に来たりはしなかったであろう。

だが、もし、秀子が別のことを考えていたとしたら……。吉森は愕然《がくぜん》とした。女との心中も考えられることに、はじめて気づいた。

特急電車の座席に並んで座ったが、周囲の乗客の耳を気にして、肝心なことはきけなかった。

六時過ぎに三ノ宮に着いた。駅で三宮オリンパスホテルに電話を入れ、部屋をとった。

「奥さん。食事はどうしますか」

もし、よければ、陽一郎を連れていった店に行ってみようと思ったのだ。

「あまり食欲もありません。それに、疲れました。早くホテルの部屋で休みたいと思います」

「そうですか。わかりました。ホテルまでお送りいたしましょう」

「すみません」

吉森はタクシー乗り場に向かった。

ホテルに向かいながら、きょうは新城優香のことをきくのは無理だと思った。

ホテルに着いて、秀子がチェックインを済ますのを待った。

秀子が戻ってきた。

「きょうはありがとうございました」

秀子が頭を下げた。

「いえ。どうかゆっくりお休みください」

「あの……」

行きかけたとき、秀子が呼び止めた。

「せめて、お茶でも」

喫茶室に目を向ける。

「そういえば、喉もからからでした」

「私も」

秀子がはじめて笑った。

喫茶室に入り、窓際の席で向かい合う。

秀子と同じレモンティーを頼んだ。

「とりあえず、安心しました」

吉森は遺体が別人だったことを口にした。

「ええ。まさかとは思っていましたが、万が一を考えて、息が詰まりそうでした」

「列車の中では、あまりお話し出来ませんでしたが、奥さんにひとつお訊ねしてよろしいでしょうか」

「なんでしょう」

「夏川と付き合いだした頃のことです」

レモンティーが運ばれてきたので、話は中断した。

ウエートレスが去ってから、

「奥さんは新城優香という女性に会ったことはありませんか」

と、吉森はきいた。

秀子の表情が微かに翳った。

「いかがでしょうか」

「会いました」

「やはり」

優香は陽一郎を追って札幌まで行っていたのだ。

「どんなふうに会ったのですか」

「主人と食事をしてレストランを出たら、あのひとが待っていました。私に向かい、陽一郎さんの奥さまになる方ですね、といきなり迫ってきたのです。決して家庭を壊さないから、私と陽一郎さんのお付き合いを認めてくださいと言うんです」

秀子はきのうのごとく語る。

「でも、主人は落ち着いて、その女性との関係を説明してくれました。その上で、その女性を説得していました。俺のような男のために人生を誤ってはだめだと」

「新城優香は納得したのですか」

「泣いていましたが、最後はやっと気持ちの整理がついたようでした」

「その後は現われなかったんですね」

「ええ、優香さんは東京に帰ったそうです」

「奥さんは、夏川に対して不信感はもたなかったのですか。隠れて、こっそり優香と会っているのではないかとは疑わなかったんですか」

「疑いませんでした」

「どうしてですか」

「主人の行動を見ていればわかります。そのような気配はまったくありませんでした。

毎日、自宅と学校の往復だけ。休みの日も家で仕事をしていました」

「そうですか」

砂糖を入れ、スプーンを使いながら、吉森は考える。陽一郎はその後もずっと秀子を裏切るような真似はしていない。決して、うまく立ち振る舞っていたわけではないだろう。陽一郎は堅実な人生を歩んだ。それが崩れたのは去年の十一月だ。

「私立学校の懇親会のパーティから夏川は思いつめた顔で帰ってきたそうですね。その後、誰かからの電話や津和野への突然の旅行。この一連の彼の様子には華やいだものは感じられません。なのに、今回のことで、奥さんは相手を女性だと思った。その根拠は……」

「そうです。新城優香さんです。主人は彼女と再会したんです」

「どうして、そう思われるのですか」

「結婚してから主人に女性の影はありませんでした。女子生徒に会うときも生徒の母親と会うときも一対一では会わないようにするなど、細心の注意を払ってきました。教師としての自覚と言ってしまえばそれまでですが、主人は聖人君子の生き方を目指していたように思います。女性の影があるとしたら、新城優香さんだけです」

秀子はやや顔を強張らせたものの、冷静だった。

「もし、そうだとしたら、今回の身許不明死体をどうして確かめにきたのですか」

「それは……」

秀子は言いよどんだ。

「ふたりが心中するかもしれないと思ったのですね」

秀子は俯いた。

「そうです。新城さんがどうなっているかわかりませんが、主人が同情して……」

「奥さんやお子さんを残してですか」

「長男は教師としてそれなりに頑張っていて、娘婿も市会議員を務め、家庭的には何の心配もいりません。私のことも長男が面倒を見てくれるでしょうから、主人が気にかけることはないのです」

「でも、女と心中をしたとしたら、世間の家族に向ける目も変わってくるかもしれませんよ。夏川はそんなことに気づかないほど鈍感ではありません」

「そうですわね」

秀子は誤った考えに気づいたように、

「仰るとおりです。主人は女性と心中などするはずありませんね」

自分自身に言い聞かせるように言った。

「それから、これは鶴見くんの意見なのですが」

「弁護士の鶴見さんね」

「ええ。彼は、去年会ったのは女性だと限らないのではと。奥さんから伺った話をしたら、女性に会ったとは限らないというのです。男かもしれないというのが、彼の意見でした」

「男……」

　秀子は首を傾げた。

「それこそ、心当たりはありません。主人は、怪しい人間と個人的な付き合いはしていません。もし男だとしたら、卒業生絡みで知り合ったひとだと思いますが、そういうひとたちのことは学校の方々にも必ず話しています。もちろん、私にも話します。主人のよいところは何でも包み隠すことなく話してくれることです」

「そうですね」

　確かに男だとしても、どういう関係の人間なのか、想像がつかない。そう考えると、新城優香と再会したと考えるほうが自然かもしれない。

「今、鶴見くんに新城優香を探してもらっています」

「…………」

「見つかったら、どうしますか」

　吉森は具体的にきいた。

「夏川を連れ戻しますか」

秀子は困惑しながら、

「いいえ。あのひとは帰らないと思います」

「なぜ、ですか」

「なんとなく、もう私のところに帰ってこないような気がしています」

秀子は寂しそうな顔をした。

ふと、京介から聞いた話を思いだし、吉森は口にした。

「もし、夏川が帰ってきたいと言ったら、どうしますか。迎え入れますか」

沈黙が続く。迎え入れないと言うのか。秀子も女のプライドにこだわるというのか。

気づかれないようにため息をついたとき、

「もちろん、そのときは迎え入れます」

と、秀子は真顔で答えた。

「ありがとう」

思わず、吉森は頭を下げていた。

5

午前中、京介は強盗傷害事件の容疑者室井昌彦の犯行を見ていたという目撃者に会ってから事務所に戻った。

被害者の半田治郎も逃げていった男を室井だと言い、たまたま通りかかった目撃者の男性も室井に間違いないと従来の主張を繰り返した。

どうにも展望が開けないまま、なぜ目撃者ははっきり室井昌彦だと言い切れるのか考えていた。

そのとき、事務員が洲本がやってきたことを知らせてきた。

ドアが開いて、洲本が入ってきた。

「わかりましたよ」

「新城優香ですか」

「ええ」

「どこに？」

「錦糸町《きんしちよう》で、スナックをやっていました」

「錦糸町？」

「ええ、案外と近くにいたので驚きました」

「よく見つけましたね」

「運がよかったんです。私が現役のとき、ある化粧品会社のクリームが原因で肌にかぶれが出来たと言って、損害賠償と慰謝料をとろうとした恐喝事件がありましてね。そのとき知り合った部長だったひとに、定年になった女子社員を紹介してもらってきまわったんです。何人目かで偶然、新城優香と知り合いだったという女性と出会いました。でも、そんなことするまでもなかったんです。その会社では、呑み会があったあと、二次会でよく新城優香の店に行っていたようです」

「結婚は?」

「結婚はしていませんが、パトロンはいたようです。知り合いの女性の話では、会社を辞めて銀座のクラブで働きだし、十年前から錦糸町で店を開いたということです。どうします、さっそく行ってみますか」

「ええ、行ってみます」

「オープンは七時からだそうです。その時間はまだ客もいないでしょうから」

「わかりました。では、七時十分前ぐらいに改札で待ち合わせましょうか」

「確か北口です」

洲本は言ってから、

「結城るり子にも会ってきました」

「ほんとうですか」

「ええ。町田に住んでました。話を聞きました。彼女は夏川先生の失踪とは関係ありません。新城優香の名前も覚えていませんでした」

「そうですか。でも、新城優香も関係がなさそうですね」

陽一郎がスナックをやっている優香といっしょに暮らしているとはとうてい思えなかった。

おそらく、去年も札幌には行っていないだろう。一応、確認はとっておかねばならなかったが、陽一郎の行方に結びつく手掛かりは期待出来そうもなかった。


七時前、京介と洲本は錦糸町の東武ホテルレバント東京の前の道に入り、最初の角を曲がった数軒先にあるスナック『ゆう』の扉を押した。

静かな音楽が流れていて、カウンターにマネージャーらしき男性がいるだけだった。

「いらっしゃい」

マネージャーが声をかけた。

「すみません。客ではないんです。新城優香さんにお目にかかりたくて参りました」

京介は用件を告げる。

「ママですか。ママはまだなんです。そろそろ来るとは思いますが」

「待たせてもらっていいですか」

「どうぞ」

入って右手にあるカウンターに腰を下ろした。

左手の壁に沿って長いソファーがあり、そこにテーブルが三卓あった。頭の上にカラオケのモニターがある。

十分ほどして、六十年配の着物姿の女性が入ってきた。若々しく、十分に色気がある。

「ママ、こちら、ママに用事がおありだそうです」

「あら、どちらさまかしら」

「私は夏川陽一郎先生の教え子で、鶴見と申します」

立ち上がって、京介は挨拶をする。

「夏川……」

「新城優香さんでいらっしゃいますね」

「ええ、そうだけど」

優香は不思議そうな顔をして、

「いったい何かしら?」

と、きき返す。

「夏川陽一郎さんをご存じですね」

京介は確かめる。

「ええ、知っているわ。といっても、昔の知り合いだけど」

優香は当惑ぎみに答える。

「夏川先生が一カ月前から行方不明になっているんです」

「行方不明？」

優香は目を丸くした。

「そっちに座りましょうか」

テーブル席に移動する。

「もう四十年近くも会っていないのに、どうして私のところに？」

その答えを、京介は用意してあった。

「じつは先生が自分の意志で行方を晦ました可能性もあるのです。もしかしたら、独身時代にお付き合いのあった新城さんが何かご存じなのではと考えたのです」

「どうして、私なの？」

「夏川先生が札幌に帰ったあと、あなたは追いかけて行きませんでしたか」

「まあ」

優香は苦笑した。

「ひょっとして、あの奥さんね」

「はい」

「そうね。確かに、陽一郎さんを追いかけて札幌に行ったわ。陽一郎さんと許嫁《いいなずけ》の女性の前で、愛人にしてくれって訴えたわ。奥さん、そのことも言っていたでしょう」

「ええ」

「今、考えるとずいぶん、私も大胆だったわ。まだ、二十代前半だったのに」

「ほんとうだったんですね」

「ええ。陽一郎さんを失いたくなかったのよ」

「あの当時、夏川先生は三人の女性と同時に付き合っていたそうですね」

「ええ。ひどい男よね。それでも、離れられなかったわ」

優香は懐かしそうに言う。

「で、諦めて東京に帰ってきたんですか」

「ええ。陽一郎さんはすっかり生真面目になって、愛人だなんて自分を安く扱うなって諄々《じゅんじゅん》と説得されたわ。信じられなかった」

「と、言いますと？」

「だって前々から約束していたんですもの。お嫁さんにしてくれなくてもいいから愛人にしてと言ったら、一生愛人でいいのかって言っていたのに」

「本気ではなかったんじゃないですか」

「いえ、まじよ」

優香は憤慨して言う。

「だから、札幌まで追いかけていったんだもの。愛人にしてもらうために」

「でも、許嫁の前で、そんなこと言っても、男がわかったなんて答えられませんよね」

「今考えればそうだけど、私も若かったから」

本気で言ったとは思えないが、冗談にせよ、陽一郎がそんな約束をしたのが信じられなかった。

「陽一郎さん、どんな先生だったの？」

優香が興味深そうにきいた。

「どんな生徒にも平等で、人格者でした。ですから、先生が愛人云々という話をしたことが信じられないんです」

「そう。でも、陽一郎さんは女にもてて、天下をとったような気分で若い頃は過ごしていたんじゃないかしら」

「そうらしいですね。でも、札幌に行ってからの先生はすっかりお変わりになりました」

「そうね。でも、札幌に行ったから変わったんじゃないわ」

「結婚ですか」

「違うわ。だって、札幌に帰る半年前から、陽一郎さんは変わったもの」

「半年前から？　でも、先生の友人や他の女性はそのような話はしていませんでしたが」

「そうでしょうね。あのことを知らなければ気がつかないかも」

「あのこととおっしゃいますと？」

「陽一郎さんの教え子が死んだ事件。陽一郎さんは、自分が何も出来なかったことを悔やんでいたから」

「どんな事件なんですか」

京介は身を乗り出した。洲本も顔色を変えている。

「中学校の女生徒が卒業して二年後に殺されたのよ。犯人として同じ高校の同級生の男の子が捕まったらしいけど……。女の子はホテルの踊り場から突き落とされたのね。殺された子は男につきまとわれていて、陽一郎さんに相談していたらしいわ。救ってやれなかったことで、かなりショックを受けていたみたい」

「あなたは、どうしてそのことを知っているんですか」

「興信所よ」

そういえば、陽一郎が他に付き合っている女性がいないかを優香が興信所を使って調べたと、久美子が言っていた。

「陽一郎さんの行動を調べてもらったんだけど、そのとき、その事件にショックを受けて行動パターンが変わったようだと報告書に書いてあったの」

「そのことは他の誰にも話していないのですね」

「ええ、陽一郎さんが黙っててくれと言うから。こんなことで、周囲に気をつかわせたくないからって。私は陽一郎さんと秘密を共有出来るのがうれしかったしね」

「そうですか。先生の教え子だったんですか」

「中学校のね。卒業してからも、陽一郎さんは相談に乗ってやっていたんですって」

「どこの中学校でしたか」

「江戸川区だと思うけど、学校の名前までは覚えていないわ」

「あなたは、夏川先生が変わったのはこの事件の影響だと思っているんですね」

京介は確かめる。

「そうよ。これがきっかけで、教師としてのあり方について真剣に考えるようになったのかもしれないわ」

「札幌に帰ろうと思ったのも、この事件がきっかけだったんでしょうか」

「そうだと思うわ」

吉森はこのことを知っていたのだろうか。知っていたら教えてくれるはずだ。それとも、些細なことだという認識だったのか。

いや、教え子の女子生徒が殺されたのだ。陽一郎に与える影響は多大なものだったことは、吉森が知っていたら気づくはず。

やはり、吉森は知らなかったのではないか。陽一郎がこのことを吉森に話さなかったのだ。なぜ、だろうか。

「あっ、いらっしゃい」

扉が開いて客が入ってきた。

「すみません。最後にひとつ」

立ち上がった優香に、京介も立ち上がってきいた。

「去年、札幌に行きましたか」

「札幌？　いえ、行ってないわ。ごめんなさい。お客さまがいらっしゃったから。まだ、女の子が出勤しないので」

「いえ。お邪魔しました」

京介は礼を言って引き上げようとした。

「待って」

扉の外まで優香が追ってきた。

「陽一郎さん。ひょっとして、女性といっしょなの？」

「わかりません。そんな女性がいたとは思えないんです」

「では、ひとりで？」

「そうかもしれません」

「そう。何かわかったら、教えてちょうだい。心配だから」

「わかりました。では」

もう一度会釈して優香と別れ、洲本と駅に向かった。

「教え子の死、ちょっと気になります。なぜ、夏川先生はこんな重大なことを吉森さんに話していなかったのか」

京介は陽一郎の秘密に触れたような思いがした。

「調べてみましょうか」

洲本が即座に応じた。

「お願いします。私も友人の谷岡に頼んでみます」

京介は禁断の場所に足を踏み入れるような恐れを感じていた。


翌日の午後、事務所に谷岡から電話があった。

「新聞記事、見つかった。四十年前の八月三十日の朝刊だ。二十九日午後十一時、大久保にあるホテル『三洋』の七階踊り場から、都立江東第三高校二年の柏木《かしわぎ》真名《まな》さん十六歳が転落して死亡した、とある。翌日の新聞に、柏木真名さんが転落した時刻に現場にいた同級生のYから事情を聴いているとある」

「柏木真名が先生の教え子かどうかわからないか」

「たぶんそうだ。週刊誌にもこの記事が出ていた。その中に、柏木真名は地元の江戸川南中学校を出て進学校の都立江東第三高校に入ったと書いてあった。先生の経歴を調べたとき、江戸川南中学校に在籍していたとあった」

「で、同級生のYはどうなった？」

「あとで、事件と関係ないことがわかった」

「そのYのことを調べられないか」

「やってみよう」

谷岡からの電話を切ったあと、京介は吉森に電話をした。

「きのう、新城優香さんに会ってきました」

京介はそのときのやりとりを話した。

「そうか。彼女ではなかったか」

話をきき終えて、吉森はがっかりしたように答えた。吉森も、優香といっしょにいる可能性が高いと踏んでいたのだろうか。それとも、陽一郎の行方が掴めなかったことへの落胆か。

「去年、先生が市内のホテルで誰と会ったのか、その後の津和野に行くといって出かけた旅行と今回の失踪が関係あるのかどうか、わからなくなりました」

「…………」

電話口にため息が聞こえただけだった。

「吉森さん。新城さんが妙なことを言っていました」

「妙なこと？」

「はい。先生が変わったのは札幌に帰ったからでも結婚したからでもないと言うのです。札幌に帰る半年前から、先生に変化があったようなんです。吉森さんに何か心当たりはありませんか」

「心当たり？　いや、そんなものはない」

吉森は否定した。

「それまでの先生と変わりはなかったのですか」

「そうだ。いや……」

何か思いだしたようだ。

「あの当時、お互いに忙しくて時間が合わず、何カ月も会っていなかった。やっと会ったのは札幌に帰る一カ月前だった」

「それで、先生は吉森さんに話していなかったんですね」

京介はそう思ったが、札幌に帰る一カ月前に会ったとき、どうしてその話をしなかったのか。

そのときには、陽一郎も事件を忘れていたのだろうか。

「半年前に何かあったのか」

吉森が少しもどかしげにきいた。

「中学校の教え子の女子生徒が卒業して二年後に、ホテルの非常階段の踊り場から突き落とされて殺されるという事件があったそうです。容疑をかけられた同級生は犯人ではなかったということで釈放されたそうですが」

「……………」

「亡くなった女子生徒は、その同級生の男のことで、先生に相談していたそうです。だから、先生は女子生徒を救ってやれなかったことでかなりショックを受けていたようです。もしもし、吉森さん」

反応がないので、京介は問いかけた。

「ああ、聞いている」

吉森は戸惑いながら、

「それはほんとうのことなのか」

「はい。当時の新聞記事に載っていました。死んだ女子生徒の名は柏木真名。江戸川南中学校から都立江東第三高校に進学しています」

「確か、夏川が勤めていたのは江戸川南中学校だった」

吉森も思いだして口にした。

「新城優香さんの話では、このことがショックで、札幌に帰るようになったんだということです。もし、そうなら、これほど重大なことを、どうして先生は吉森さんに話さなかったのでしょうか」

「わからない」

吉森はいらだったように、

「彼は俺にはなんでも話してくれたんだがな」

「先生は柏木真名さんから相談を受けていたそうです。柏木真名さんの名前を聞いたことはありませんか」

「ない。一度も」

混乱しているようだ。陽一郎に裏切られたように感じているのだろうか。

「思いだしたことがある」

吉森はぽつりと言った。

「なんでしょうか」

京介は先を促す。

「札幌に帰る前に、久し振りに会ったら、夏川がずいぶん痩せていたんだ。どうしたんだときいたら、仕事が忙しかったからと答えた。そのとき、ふと、こんなことを漏らした。俺は教師としてやっていけるだろうかと」

「…………」

「自信をなくしていたようだ。あんな弱音を吐くなんて、夏川らしくなかった。そのときは、東京を離れる感傷が言わせているのかと思った。だが、そういう事件があったとなると、彼がその事件のことで悩んでいたんだとわかる」

吉森は悔しそうに続けた。

「しかし、いくら相談を受けていたとはいえ、その女子生徒の死に、夏川がそこまで責任を感じることはないはずだ。東京を離れ、自分の生き方を変えるほどのものだったのか」

「はい。仰るとおりです」

「思いだしたことがあると言ったのは、別のことだ」

「別の？」

「行きつけの店で呑んでいるとき、夏川にきいたことがある。女子生徒の中には美少女もいるだろうって。いる、と言っていた。中学校のときは目立たなかった女の子が卒業したあと、大人びて色っぽくなってびっくりすることもあったらしい」

「…………」

「夏川は卒業生の何人かとも付き合っていたのかもしれないな」

「付き合う？　教師と教え子という関係を越えてですか」

「そうだ。教え子のほうから言い寄ってくるらしい」

「まさか、先生は柏木真名と……」

「夏川の生き方を変えるほどの事件だとしたら、柏木真名は夏川にとって特別な女だったのかもしれない」

京介は一瞬目眩《めまい》がした。自分の知っている陽一郎がだんだん遠くに消えていく。吉森の声が耳に入らなくなっていた。

第四章　捜索断念

1

数日後の夕方。京介の部屋に谷岡と洲本がやってきて、柏木真名の事件について話し合った。谷岡は当時の新聞記事と週刊誌の記事のコピーを用意してきた。

残念ながら、疑いのかかった同級生Yの実名はどこにもなかった。だが、谷岡は記事を書いた人間に会って、Yの本名を聞いてきた。

「Yは柳田《やなぎだ》政幸《まさゆき》という。柏木真名と付き合っていたそうだ」

谷岡が口を開いた。

「真名はきれいな女の子だったらしい。柳田政幸は野球部で、学校の女子生徒から人気があったそうだ。周囲もふたりは似合いのカップルだと認めていたそうだ」

「事件はどうして起きたのだろう」

京介はきいた。

「警察の捜査資料によると」

洲本が脇から口をはさんだ。

「柳田は柏木真名と大久保のホテルに向かった。ところが、真名が部屋の前で急にいやがり、非常階段に逃げた。そこで揉《も》み合いになって突き落とした。それが警察が組み立てたストーリーです」

「で、柳田の言い分は？」

「真名は最近、いくら自分が誘っても応じてくれなくなった。他に付き合っている男がいるのだと思って真名のあとをつけた。新宿で真名は帽子をかぶり、マスクをした男と落ち合い、そのままホテル街に向かった。ホテルに入ったのを見届けて、相手の男の正体を確かめようと、外で待っていたら悲鳴が聞こえ、何かが落ちる音がした……」

洲本は息継ぎをして、

「結局、柳田は無実だとわかりました」

「真犯人はわからないままなのですね」

京介は暗い気持ちできいた。

「そうです。柳田の言う、帽子をかぶり、マスクをした男は見つからなかったのです」

「柳田の言い分の信憑性《しんぴょうせい》はどうだったんでしょう」

京介はますます暗い気持ちになってきく。

「柳田がホテルの門の横で立っているのを、他のホテルから出てきた男女が見ていたんです。それから、現場付近から、サングラスにマスクをし、帽子をかぶった男が走っていくのを見ていた人間がいました。それで、柳田の無実が明らかになったようです」

「サングラスにマスクをした男？」

「当初は柳田に容疑を向けていたので重要視していなかったようですが、柳田に有利な証言が出てきて、はじめてその男に目を向けたようです。細身の男だったそうです。すれ違った男女は二十代後半のようだと証言しました。でも、そのような男は真名の周辺から見つからなかったということです」

「そうですか」

思わず、京介は深いため息をついて、

「警察は、中学校時代の担任にまで考えが及ばなかったのだろうか」

「どうしたんだ、何か気づいているのか」

谷岡が不審げに問い質す。

「真名は夏川先生のことが好きだったんだろう」

京介がやりきれないように言うと、谷岡は何か気づいたようにはっとして、

「ばかな。柳田は真名には他に好きな男がいると思った。だが、その相手が夏川先生だとは……」

「確かに、そうだ。だが、その後の先生は、この事件の影響を大きく受けていたようだ。札幌に帰るきっかけにもなっている」

「真名の存在が大きかったと言うのか」

「そうだと思う。夏川先生はその当時、新城優香ら三人の女性と付き合っていた。だから、四人目の相手をうまく隠せた」

「先生がまだ高校生の教え子と……」

信じられないという顔をして、谷岡が言う。

「教師と教え子、それも相手はまだ高校生だ。夏川先生はどうしても秘密にしなければならなかった。細心の注意を払って付き合ってきたのだろう。このことは、親友の吉森さんにも言えなかったんだ」

ふたりはいつから付き合いはじめたのか。まさか、中学生のときからではあるまい。真名が卒業してからだ。

「鶴見。まさか、君は……」

谷岡は声を呑んだ。

「いや、可能性の一つだ。真名が殺されたことだけで、先生の生き方が変わったとは思えない」

「真名を殺したのは先生だと言うのか」

谷岡が怒ったように言う。

「なぜ、先生が真名を殺さなければならなかったんだ？」

「想像だ。先生は真名との関係を清算しようとしたのではないか。真名と付き合うことに先生は罪悪感を持っていた。だから、別れ話をした。ところが、真名は逆上した。絶対に別れないと。そして、別れるくらいなら、先生に弄《もてあそ》ばれたと訴えると喚《わめ》いた」

京介は陽一郎が真名を突き落とす光景を一瞬想像し、

「信じたくない。でも、そう考えたほうがすべての説明がつくような気がする」

と、歯嚙《はが》みをした。

「俺は信じられない」

谷岡が声を震わせる。

「俺だって信じたくない。尊敬する先生が過去にひとを殺していたなんて。そんなことを想像する自分自身にも腹を立てている」

京介は声を振り絞った。

「柳田が無実だったのは間違いありません」

洲本が冷静に口をはさんだ。

「それから、柏木真名が付き合っていた男はついに見つけだせなかったそうです。状況を考えれば、鶴見先生の想像は間違っていないように思えます」

「洲本さん。この事件を担当した刑事さんに、夏川先生のことをきいてもらえませんか。警察が事情を聴きに行ったりしたのかどうか」

「もう引退していますけど、記憶ははっきりしています。きいてみましょう」

「お願いします」

京介は洲本に頼んで、ふたりの顔を見つめた。

「それから、このことは他の誰にも口外しないでください。ただ、吉森さんだけには伝えなくてはなりません」

「わかった」

谷岡は泣き出しそうな顔で答えた。

このことは吉森に伝えておくべきだろう。知った上で、当時の陽一郎の行動を振り返れば、何か見えてくるものがあるかもしれない。

ふたりが引き上げたあと、京介は吉森に電話した。

「先日、夏川先生が柏木真名と付き合っていたのではないかというお話をしました。このふたりの関係がどのようなものだったか」

京介は切り出す。

「先生は、教え子でありまだ高校生の真名と深い関係になったことを、後悔していたのではないでしょうか」

「私もそう思う。いくら美少女だろうが、教え子に積極的になるほど、夏川は女に不自由はしていない。だから、真名のほうが積極的だったんだろう。彼はこのことを私に話さなかった。これが成人の女性だったら、のろけたかもしれない」

吉森は冷静に見ていると思った。

「先生は別れようとしたのではありませんか」

「そうするだろうな」

「もし、真名が素直に言うことをきかなかったら？」

「…………」

吉森が押し黙った。

何秒間かの沈黙があった。京介は息が詰まりそうになった。やがて、荒い息づかいとともに、吉森が怒りを押さえた声で言った。

「君は、とんでもないことを考えているのではないか」

「はい」

京介は思い切って答えた。

「恩師に対してそんなことを……」

「吉森さん。先生の生死に関わるかもしれないのです。私は事実を冷静に判断したいのです」

「事実を……」

「はい。まず、先生と柏木真名が付き合っていたのは間違いないように思えます。しかし、先生は真名との関係を切ろうとした。ですが、真名は言うことを聞くでしょうか」

京介は続ける。

「真名の彼氏だった同級生の柳田が、真名の相手を見つけようと躍起になっている。このままでは、いつか自分のことが柳田に知られてしまう。だから、先生は何度も説得を試みた。でも、真名は聞き入れるどころか、別れるくらいなら先生に弄ばれたと訴えると喚いたかもしれません」

「君の想像だ。いや、妄想だ」

「確かに、想像に過ぎません。ですが……」

「待て」

吉森が制した。

「いいか。君は恩師を冒瀆《ぼうとく》しようとしているのだ。恥ずかしいとは思わないのか」

「私の妄想であればどんなにいいか」

京介は胸をかきむしりたくなった。

「そんな話はききたくない」

「わかりました。では、ひとつお願いがあるのですが」

「なんだ?」

「札幌の高校の先生、確か西田さんでしたか。その西田さんに調べてもらいたいのです。去年の私学の懇親会があったホテルで、先生がどんなひとと会っていたのかを、そのパーティに出席したひとに聞いてもらいたいのです」

「新城優香ではないことははっきりしたではないか」

「私はそこで先生が会ったのは女性ではなく、男性ではなかったかと思っているのです。そのことを確かめたいのです」

「男だと?」

「はい、お願いします。先生の行方を探し出すためです」

「わかった」

吉森は憤然として電話を切った。

吉森の怒りは理解出来た。親友を人殺しにしようとしているのだ。谷岡でさえも怒りを押さえきれなかった。それほど、京介は陽一郎を侮辱したのだ。

胸が張り裂けそうになる。事実は時には酷《むご》いものだということを、京介は弁護士になって身に沁みて知った。

行方を探すことが陽一郎の罪を暴くことになると知っていたなら、これほど夢中になって探しただろうか。

いや、それでも陽一郎の行方を探さねばならない。教え子としての務めだと、京介は自分に言い聞かせた。

2

電話を切ったあと、吉森は目眩を感じた。あまりにも乱暴な想像だ。あろうことか、陽一郎が教え子を殺したなどと、どの口で言えるのか。

だが、時間が経っても、吉森は京介の言葉が矢のように胸に突き刺さったままだった。時間と共に、その言葉がさらに胸を抉《えぐ》っていく。

昔、呑んでいるとき、陽一郎とこんな会話をしたことがあった。

「十代の子は思いつめると一途だから怖いよ」

「誰のことだ？」

「いや、なんでもない」

「まさか、教え子に手を出したりはしてないよな」

「そんなことはしない。だが、卒業生に言い寄られている。中学校のときから美少女で目立った女子生徒だった」

「まさか、まだ高校生じゃないだろうな」

「………」

「そうなのか」

「ああ」

「気をつけろよ」

「まあ、なんとか説得するさ」

陽一郎はだいぶ酔っていた。だから、そんな話をしたのだろう。その相手が柏木真名だったのだろう。

陽一郎が真名と深い関係になっていたことは否定しない。だが、いくら別れ話のもつれとはいえ、陽一郎が真名を殺すなんて……。

吉森は息苦しくなって、窓を開け、外の空気を吸った。

あの時期、お互いに忙しくてなかなか会えなかった。吉森が誘って断わられたほうが多かったように思える。

今から思うと、陽一郎のほうが避けていたような気がする。

柏木真名が死んだのは八月末。その年の十月頃だったか、久し振りに電話をしたところ、仕事が忙しいと答えたあとで、

「じつは札幌に帰ることにした」

と、突然言い出した。

「何かあったのか」

「おふくろの具合もよくないし、おふくろが勧める縁談がある。この際、帰ろうと決心したんだ。来年の三月いっぱいで学校を辞める」

てっきり、東京に骨を埋めるものとばかり思っていたので、信じられなかった。

親の勧める縁談に従うのも、陽一郎らしくなかった。母親が病気だからといって、札幌に帰るような発言は、これまでなかった。それより、母親を東京に呼び寄せるために説得するのだと言っていた。

札幌に帰ったあと、彼は人格者として成長していった。彼の人生は札幌に帰り、所帯を持ってからどんどん拓けていったように思えた。

たくさんの教え子に慕われ、落ちこぼれが集まる三流高校を進学校に押し上げ、文部科学大臣表彰を受けるまでになった。

そのことを心から祝福し、彼のような友人をもったことを誇りに思っていた。

なぜ、東京を捨て、札幌に帰ったのか。その理由に柏木真名の死という現実があったが、それだけではない。その死に、彼が関与していたと考えれば、帰郷の説明がつくような気がする。

恐怖で指先までが震えていた。吉森はもはや京介の考えを非難出来ない自分がいることを悟らざるを得なかった。

陽一郎は別れ話に逆上した真名をホテルの非常階段から突き落とした。そのまま逃げ、何食わぬ顔で生徒の前に出て授業をしていた。

警察の捜査は同級生の柳田に向かい、いったんは逮捕された。陽一郎はだんまりを決め込んだ。

やがて容疑が晴れたが、一歩間違えれば、柳田は犯人にされていたのだ。そう考えれば、陽一郎の罪はさらに重い。

罪の呵責《かしやく》から逃れるために、陽一郎は札幌に帰ったのだ。彼が人格者になりえたのは、罪の意識から逃れようと教師の仕事に突き進んだからだ。

言ってみれば、柏木真名の死が今日の陽一郎を作り上げたのだ。

そして、同じように真名の死に関わった柳田はどんな人生を送ったのだろうか。そこまで考えたとき、京介から頼まれたことを思いだした。

京介がなぜ、去年の私学の懇親会があったホテルでのことを気にするのか。今、ようやくその意味に気づいた。

携帯を取り出し、札幌の西田に電話をした。

「もしもし」

相手が出た。

「西田さんか。吉森です。君に頼みがあるのですが」

「なんでしょう」

「去年の私学の懇親会パーティ。その会場になったホテルで夏川は誰かと会った可能性がある。出席者にきいてもらいたいんだ。夏川がどんな人物と会っていたのかということを」

　すると、西田は意外なことを言った。

「そのことは、奥さまに頼まれて調べました」

「奥さんから頼まれた?」

「はい。奥さまは女性と会ったとお考えのようでしたが、私がうちの学校の校長や教頭に確かめたところ、夏川先生が見知らぬ男性と話しているのを見たと言っていました」

「見知らぬ男性?」

「はい。校長の話ですが、男性は六十代だろうと。なにやら深刻な顔で話していたそうです」

　柳田は現在五十七歳ぐらいだ。だが、老けて見えるのかもしれない。

「このことが、夏川先生の失踪と何か関わりがあるのでしょうか」

　西田が不審そうにきいた。

「いや。ただ、参考のためにきいただけだ。気にしないでください」

　礼を言い、吉森は電話を切った。

京介が何を考えたのかはっきりした。

今度は京介のところに電話を入れる。

「吉森だ。さきほどはつい興奮してしまい、失礼した」

「いえ」

「今、西田さんに電話をした。そしたら、奥さんに頼まれてすでに調べてあった」

「そうですか。で、どうだったのですか」

「夏川は見知らぬ六十代の男性と話していたそうだ。それも、深刻な顔付きだったらしい」

「六十代の男性ですか」

「君はその男を柳田だと思っているのではないだろうか」

吉森は突き付けるように言う。

「あくまで、可能性を考えただけですが」

京介は慎重な物言いをしたが、柳田だと思っていることは間違いない。

「もし、柳田だとしたらどういうことになるのだ?」

「わかりません」

京介は逃げた。

「はっきり言ってくれないか」

「今、柳田の行方を探しています。それからでないと何とも」

「じゃあ、私から言おう。柳田は夏川に柏木真名の復讐をしようとしている。そうではないのか」

「四十年も前のことです。復讐は考えられません」

「では、なんだ？」

「あくまでも私の想像です」

そう断わって、京介は口にした。

「もし、現在の柳田が生活に困っているとしたら……」

「金か。夏川を真名の件で恐喝したというのだな？」

「そこまではわかりません」

京介は否定したが、疑っているようだ。

懇親会が開かれたホテルで、柳田は陽一郎と再会した。いや、金に困っているようなら柳田がホテルに泊まっていたとは思えない。

柳田は何かの手段で、夏川のことを知ったのではないか。たとえば月夜野高校の記事を目にして、その中に夏川陽一郎の名を見つけた。それで、札幌に行き、陽一郎のことを調べた。

偶然にホテルで会ったのではない。柳田が待ち構えていて、陽一郎に接触したのではないか。

その後、自宅にいる陽一郎に誰かから電話があった。陽一郎は自分の部屋に三十分以上も閉じこもって電話をしていた。柳田からだった可能性がある。

その後の津和野行きは、柳田に金を渡す目的だったのかもしれない。だが、今回、再び柳田から金の要求があった……。

「鶴見くん」

吉森は深呼吸をして声をかけた。

「はい」

「今、夏川はどうしていると思っている？」

「わかりません」

京介が即座に返したのは、考えたくないという意味だろう。

「柳田が見つかったら、夏川の行方がわかると思うか」

「わかりません。すべて、柳田が見つかってからのことです。それまでは、勝手な想像は慎もうと思います」

「…………」

「柳田が見つからなかったら、どういうことになるんだね」

「こういうことだ。夏川は恐喝者の柳田を殺す。そして、自分も……」

動悸が激しく、呼吸が苦しくなった。

「吉森さん。これ以上の勝手な想像はやめにしませんか。もう少し待ってください。柳田のことがはっきりするまで」

京介は冷静にたしなめる。だが、彼の口調に絶望を感じさせる響きがあったのを、吉森は敏感に感じ取っていた。

京介との電話を切ったあと、吉森は陽一郎と柏木真名のことを考えた。一時は真名の魅力に翻弄された陽一郎だが、教師の良識と同時に自己保身から別れ話を持ちだした。説得に応じない真名をほんとうに殺そうとしたわけではあるまい。弾みでホテルの非常階段から落ちてしまった。

それから陽一郎は罪の意識に苛《さいな》まれて生きてきたのではないか。心休まる日はあっただろうか。

そういえば、思いだすことがある。吉森が札幌に遊びに行ったときのことだ。ふたりで層雲峡温泉に行った。部屋で夜遅くまで呑んだ。

いっしょの部屋で寝たのだが、明け方、陽一郎は激しくうなされた。吉森はびっくりして飛び起きた。

目を覚ましたあとも、陽一郎は怯えていた。寝言で何か言っていた。はっきり聞こえたわけではないが、「すまない、すまない」と叫んでいたようだ。

あのとき夢に柏木真名が出てきてうなされたのではないか。

学生時代を含め、二十代の頃はよくふたりで旅行した。温泉では同じ部屋で寝たが、それ以前には陽一郎がうなされたことは一度もなかった。

そう思ったとき、確かめたいことがあって、札幌の秀子に電話を入れた。

「吉森です」

「先日はありがとうございました」

身許不明の遺体確認に付き合ったことを言っているのだ。

「いいえ。奥さん、ちょっと失礼なことをお訊ねしたいのですが」

「はい」

「夏川と奥さんは寝室はいっしょでしたか。すみません。変なことをきいて……」

吉森はあわてて付け加える。

「いえ、別々でした」

「最初からですか」

「はい。主人はひとりじゃないとゆっくり休めないからと。私は子どもが出来るまでは同じ寝室でと思っていたのですが、主人はこのことだけは譲りませんでした」

「どうして、ひとりで寝たがったんでしょうか」

「一度、夜中に主人の部屋の前を通ったら、うなされている声が聞こえてきました。次の日、訊ねたら、子どものときから疲れると怖い夢を見るのだと言ってました。だから、ひとりで寝たかったのだと」

罪の意識が悪夢になって陽一郎を襲うのだ。そのことを悟られないように、寝室を別にしたのだろう。

「吉森さん。そのことが何か」

秀子は不思議そうにきいた。

「いえ、なんでもありません」

「主人は」

秀子がきいた。

「昔、何か怖い目に遭っているんでしょうか。それがトラウマになってうなされると？」

「さあ、聞いたことはありません」

「吉森さんは昔から主人といっしょに旅行していたそうですが、主人がうなされるのを知っていましたか」

「いえ」

これ以上の問いを遮るように、吉森は言葉を継いだ。

「もうひとつ、これもききにくいことではあるのですが」

「なんでしょう」

「去年、夏川はまとまった金を使いませんでしたか」

「ええ。どうして、それを？」

「ちょっと……」

吉森は言葉を濁す。

「歴史的に貴重な古書を買うためだと言って、五百万円の定期を崩しました」

「五百万円ですか。で、その教材はどんなものなのですか」

「学校に置いてあるということで、見ていません」

「それはいつごろのことでしたか。たとえば、津和野に行く前かあとか……」

「前です」

秀子ははっきり言う。

「津和野に行くまでに支払いを済ませておきたいと言ってましたから」

吉森は地の底に体が沈んでいくような感覚がした。その五百万は柳田に渡ったのであろう。

しかし、柳田は五百万で満足したのだろうか。

「五百万以外には、大きな買い物は？」

「ありません。吉森さん」

秀子が口調を改めた。

「もうこれ以上、主人を探すのはやめにしたいのです。女といっしょなのではないかと考えたりする自分もいやですが、主人の秘密を洗い出すことになるのが辛いのです。家族とも相談しました。息子も娘も、このままにしておこうと言っています」

「………」

「子どもたちを育て上げ、私の暮らしも心配がないようにしていってくれました。いつか帰ってくるのを静かに待つ。そうしようと決めたのです。息子も主人のような教師になると決意を新たにしました。ですから、もう、これ以上は……」

「わかりました。奥さんがそう仰るなら、そういたします」

秀子の決意に、吉森はほっとするものがあった。陽一郎の秘密を誰にも知られたくない。とくに、家族には。

自分もこの一件から手を引こうと思った。陽一郎はこの四十年間をずっと罪の意識に責め苛まれてきた。どんなに苦しかったか。

今、陽一郎がどうなったかわからない。どこかでひとりで生きているのか。あるいは、すでにどこかで骸《むくろ》になっているかもしれない。いずれにしろ、いつか居場所がわかるときが来よう。そのときまで待とう。

吉森はそう自分に言い聞かせ、そして京介にも納得させようと思った。

3

京介は事務所で、吉森がやって来るのを待っていた。一昨日、突然電話があり、話があるので東京に行くということだった。

わざわざ吉森が神戸から出てくるのだ。

内線電話で、事務員が吉森の到着を知らせた。

京介は吉森を部屋に迎えた。

応接セットで向かい合うなり、吉森が口を開いた。

「いろいろやってもらったが、もう終わりにしてもらいたいんだ」

「しかし、柳田が見つかれば何かがわかるかもしれません」

柳田の行方はまだわからない。だが、高校までの住所が明らかなので、いずれわかるはずだった。

問題は柳田もまた行方不明になっている場合だ。だが、柳田と陽一郎との間で何があったか、勝手な想像は控え、柳田の行方がわかるのを待つつもりだ。

「じつは夏川の奥さんも息子さんたちも、これ以上、夏川を探さないことにしたそうだ。自らの意志で家を出たのなら、その気持ちを尊重しようということだ」

「そうですか」

「奥さんには、柏木真名の件は絶対に秘密にしなければならない。だから、奥さんからの提案に、かえってほっとした部分もある」

「はい」

「私も今は奥さんと同じ気持ちになった。もう、打ち切ろうと」

吉森の気持ちもわからなくはなかった。しかし、せめて柳田から話を聞き事情を知るまでは気持ちが治まらない。そのことを言うと、吉森は表情を曇らせ、

「私は夏川と層雲峡温泉に行ったことがある。その夜、激しくうなされる彼を見た。そのときは疲れているのだろうと思っただけだ。だが、今になってみると、彼は常に罪の意識に責め苛まれていたのではないか」

「…………」

「それで、失礼を承知で奥さんにきいてみた。すると、夏川は奥さんと結婚当初から寝室は別だったそうだ。それでも、奥さんは夜中に夏川の寝室の前でうなされる声を聞いている」

京介は胸を衝かれた。

「夏川は寝言で事件に関係することを口走るのを恐れて、あえて寝室を別にしたのだ。もちろん、常にうなされているわけではないだろうが」

「先生は苦しんできたんですね」

「そうだ。彼はずっと苦しんできた。家庭も職場である学校も、どうにか自分がいなくてもやっていけるようになった。そこに柳田の登場がきっかけになったのかもしれないが、夏川は自ら姿を消したんだ」

「でも、柳田が行方を知っているかもしれません」

「柳田にも会う必要はないかもしれない」

吉森は首を横に振った。

「お願いだ。柏木真名のことは絶対に口外しないこと、そして、これ以上の捜索をやめてもらうこと。このふたつのお願いにやってきた。このとおりだ」

吉森はソファーから立ち上がって頭を下げた。

「吉森さん、お止《や》めください」

京介はあわてて言う。

「今さら、このような願いを電話でするのは失礼と思い、東京に出てきた。どうか、このとおり」

吉森はまた頭を下げた。

吉森の気持ちもよく理解出来るが、京介は返答に窮した。ともかく、柳田には会わなければならない。すべてはそれからのことだ。

洲本から弾んだ声で連絡があったのは、ふつか後だった。

柳田は事件のあと国立大学の受験に失敗したが、私立大学に入りそこを卒業後、大手建設会社に入社。そこを四十過ぎにリストラに遭い、今は派遣労働者だという。

夕方、洲本の案内で、京介は南千住にある居酒屋に行った。柳田はその近くの建設現場で働いている。

暖簾《のれん》をくぐり、洲本はカウンターを見た。

「いました」

洲本が囁く。十人ほど座れるカウンター席は半分埋まり、一番端に白髪の目立つ男が座っていた。

すでに洲本は柳田に接触し、京介と会う約束をとりつけていたのだ。

「柳田さん」

洲本が白髪の目立つ男に声をかける。

柳田が浅黒いむくんだような顔を向けた。

「弁護士の鶴見先生だ」

「鶴見です。お話をお伺いしたいのですが」

「こっちに」

後ろのテーブル席に移った。

お通しを置きにきた男に、

「申し訳ない。少し話をしたいだけなんだ」

洲本が断わりを入れた。男は黙って下がった。

「ずいぶん昔の話だ」

いきなり、柳田が言う。まだ、五十七ぐらいのはずだが、六十過ぎのように肌も荒れている。

「事件のことは覚えていますか」

京介はきいた。

「忘れたくても忘れられないよ。あんなことさえなければ俺だって……」

自嘲するように、柳田が口許を歪める。

「何があったか教えていただけますか」

「そんなこと、調べてあるんだろう？」

「あなたの口からおききしたいんです」

柳田は生ビールのグラスを一気に空けてから、

「生《なま》ひとつ」

と、カウンターに向かって叫んだ。

「あなたは柏木真名さんとお付き合いされていたんですね」

京介は口を開いた。

「そうだ。いい関係だった。でも、途中から、俺を避けるようになった。真名には他に付き合っている男がいたから……」

「どうしてわかったんですか。単に避けていただけでは？」

「違う。真名の態度を見ればわかる。だから、何度か真名のあとをつけた」

「相手の男を見つけたんですね」

「ふたりが会っているところは見たけど、相手はいつも帽子を目深にかぶり、サングラスにマスクをして顔を隠していた」

「顔を見ていないんですね」

「なにしろ、喫茶店にもレストランにも入らず、そのままホテルに直行だから、顔を見る機会はなかった」

「相手の男のことを、真名さんにきいたりしなかったんですか」

「問い詰めたさ。でも、真名はとぼけた」

「じゃあ、結局、相手の男の正体はわからず仕舞いだったのですか」

「いや。俺の疑いが晴れたあと、探し回った。顔を隠しても体つきは覚えている。そして、見つけた」

「誰ですか」

グラスが運ばれてきて、柳田は受け取る。

「江戸川南中学の夏川という教師だ。校門から出てきた夏川を見たとき、真名の相手の男だとぴんときた」

柳田がまた、口許を歪めた。

「本人に確かめたのですか」

「ああ、目の前に飛び出して、あんたが真名の恋人かときいた。正直に答えるわけはない。否定したよ」

「それで？」

「それ以上は何も出来なかった。証拠がないし」

柳田は運ばれてきたビールを、喉を鳴らしながらいっきに半分近くまで空けた。

「でも、あなたは夏川という教師が真名さんの恋人だと思った。さらに言えば、真名さんを殺した犯人だと……」

「そうね」

柳田が手の甲で口についた泡を拭う。

「警察には？」

「言わない。刑事の顔を見るのもいやだったからな」

柳田は吐き捨てるように言う。取調べでいやな思いをしたのだろう。

「真名さんの仇《かたき》をとろうとは思わなかったんですか」

「どうせ、真名だって悪いんだ。それに、真名は俺を裏切った女だ。そんな女が死んでも、ショックはあっても仇をとろうなどとは思わなかった」

「でも、好きな女性が殺されたのです」

「言ったって、警察が信じてくれっこないし……。それに、夏川が殺《や》ったという証拠もなかったからね」

「真名さんの事件のショックは大きかったんじゃないですか」

「ああ、大きかったよ。俺だって高校生の多感な年代だったからね。おかげで勉強に身が入らなくなって、志望の大学も落ちた。あとは運のない人生だ」

「ご結婚は？」

「建設会社をリストラされたあと、離婚した。自暴自棄だ」

「真名さんを殺したかもしれない夏川先生を恨んだんじゃないですか」

「別に……」

「どうしてですか」

「さっきも言ったけど、夏川が殺ったという証拠はなかったんだ。俺が疑われたことは腹立たしかったけど、どうしようもなかったからね」

柳田はなんだかとらえどころがなかった。

「あなたは去年、札幌に行きましたか」

「札幌？」

柳田は怪訝な顔を向ける。

「なんで、俺が札幌に行かなくちゃならないんだ？」

柳田はきく。とぼけているのかどうか判断はつかない。

「真名さんと付き合っていた夏川さんが、その後、どういう人生を歩んだのか、気になりませんでしたか」

「別に」

柳田はふと含み笑いをして、

「弁護士さん。ほんとうのことを教えてやろうか」

と、顔を突き出した。

「ほんとうのこと？」

「そう。ほんとうのこと」

柳田はビールを喉に流し込んだ。

「なんですか。聞かせてください」

京介は催促する。

「ほんと言うと、俺が真名を殺してやろうと思っていたんだ」

「えっ？」

「真名は気の強い女だった。おまえがどんな男と付き合っているか知らないが、相手に遊ばれているんだと注意したことがある。そしたら、あなたよりずっといい男よと言い返されたことがあった。それだけでなく、あなたと寝るのは死んでもいやだと言いやがったんだ。だから、いつか殺してやろうと機会を窺っていたんだよ。あんときも、登山ナイフを持っていた。でも、俺がやる前に、真名は死んでしまった。もし、あの男が殺らなければ、俺が殺していたかもしれない。だから、俺は真名を殺した男に感謝しなければならない身だったのさ」

冗談を言っているようには思えなかった。

「あの当時、俺も真名と付き合っていた男も、真名にとりつかれた不運な人間だったのだと、真剣にそう思ったものさ」

京介は洲本と顔を見合わせた。

洲本は軽く頷いた。彼も柳田が真面目に語っていると思ったようだ。

今、柳田が語ったことは、当時の思いではなく、後日、勝手に解釈を変えていったことかもしれない。

それでも、陽一郎の前に現われた男は柳田ではないと、京介は確信を持った。いや、洲本の報告を聞いたときから、柳田は無関係ではないかと思っていた。もし、恐喝者なら金を手に入れたはずだからもう少し贅沢をしていてもおかしくない。だが、柳田は何年も前から同じような暮らし振りだという。

柳田に会ったのは、無関係であることを確かめるために過ぎなかった。

翌日の夜、京介は新橋の小料理屋で谷岡と苦い酒を呑んでいた。

「仕方ない。出来る限りのことはしたんだ。これ以上、何をしろと言うんだ」

谷岡も悪酔いしている。

「ほんとうに何もないだろうか」

京介はなおも希望をつなげようとした。

柳田の件が最後の鍵だった。だが、見事に外れた。もはや、打つ手はない。絶望感に襲われた。

「このままでは、最悪の事態じゃないか」

京介も珍しく泣き言をこぼした。

「先生の行方を追いながら、暴き出したのは先生の若き日の罪だけだ。肝心の先生の行方はわからずじまい。こんな無残な結果でいいのか。これだったら、はじめから先生の行方を探すんじゃなかった」

「俺もそう思う。きっと先生は……」

谷岡は声を呑んだ。

京介は谷岡がなんと言おうとしたか、わかっていた。

「竹田城に行く前に東京に寄り、我々に会い、神戸では親友の吉森さんと会った。皆に別れを言うためだったんだ」

谷岡は涙声で、

「先生は昔の罪を清算するために人知れず山奥に入り、静かに死んでいったんだ」

と、言った。

おそらく、吉森も陽一郎が死んだと思っているのだろう。

事務所で会った陽一郎は今から思えばどこか寂しそうな感じだった。心の中で、京介たちに別れを言っていたのかもしれない。

だが、京介は何かしっくり来なかった。違和感のようなものを覚える。それが何か、よくわからなかった。

4

吉森は部屋に引きこもっていた。窓からの陽光をカーテンが遮断していて、部屋の中は薄暗い。

娘の芳美が部屋を覗いた。

「お父さん。どうしたの。具合でも悪いの？」

「いや。たいしたことない」

ベッドの端に腰を下ろしていた吉森が答える。

「最近、なんだか元気がないみたいだから。食欲もないみたいだし」

「だいじょうぶだよ」

「それならいいけど。カーテン、なんで開けないの」

そう言いながら、芳美はカーテンを引いた。眩い明かりが射し込み、吉森は瞬いた。

「ほんとうに、だいじょうぶ？」

「ああ、東京に行ったりした疲れが出たんだ」

「そう」

不安そうに眉を寄せたが、

「じゃあ、ちょっと出かけてくるから留守番お願いね」

「ああ、行っておいで」

娘の亭主は会社、子どもたちは学校に行っている。

「お昼は用意してあるから」

「わかった」

娘が出かけてからも、吉森はしばらくベッドの端に腰を下ろしていた。

京介に向かって、もう夏川の行方を探すことはやめる。そう断言して以来、ずっと気持ちが晴れない。

もう二度と陽一郎に会えないと思うと寂しさに胸が詰まる。おそらく、陽一郎は死んでいるか、あるいは死に行く準備をしているのであろう。

竹田城に行く前の夜に会いたいと言ってきたのは陽一郎だ。会っていて、妙に感傷的になったことを思いだす。なぜか、若い頃のことが蘇った。久し振りに会ったせいもあるが、それだけ歳をとった証拠だと思っていた。

だが、そうではなかった。あのとき、陽一郎は別れを言いにきたのだ。その陽一郎の心の思いが吉森にも伝わって気持ちを湿らせていたのだ。

三ノ宮の駅で別れ際、陽一郎は珍しく握手を求めてきた。力を込めて握ってきた。あの握手には、陽一郎の万感の思いがあったのだろう。

陽一郎は長年苦しんできた気持ちを吉森にも語ろうとしなかった。今、陽一郎はその苦しみから解放されたのだろうか。

吉森は立ち上がり、仏壇の置いてある部屋に行った。

小さな仏壇の前に座った。妻勢津子の位牌がある。線香に火を点けて、手を合わせる。

「勢津子。夏川がそっちに行くかもしれない。いや、もう行ったのか」

吉森は話しかける。

「このまま、夏川と別れていいのか」

勢津子に問いかける。

勢津子は死の間際、夏川の名を呼んだ。そのとき、勢津子は陽一郎が好きだったのだと悟った。だが、今になって考えれば、陽一郎もまた、勢津子のことを想っていたのではないか。

俺が勢津子を好きなことを知っていて、陽一郎は身を引いたのではないか。吉森が勢津子と結婚したあと、陽一郎はいろいろな女達と遊びはじめたのだ。

勢津子への想いを断ち切ろうと、陽一郎は必死だったのではないか。

陽一郎は罪の意識を抱えたまま生きてきた。誰にも言えなかった。親友の吉森にも相談出来る内容ではなかった。

陽一郎の人生は端から見れば大成功に映るだろう。家族を守り、たくさんの教え子を世に送り出し、その教え子たちからは尊敬の念を抱かれている。そして、文部科学大臣表彰も決まった。

だが、陽一郎はひと知れずに、贖罪の思いを抱いてきたのだ。どんなに苦しかっただろうか。今、陽一郎はその苦しみから逃れられたのだろうか。

どこかの山奥で、静かに骸となっているのだろうか。ふと、勢津子の声が聞こえたような気がした。

「なんだ、勢津子」

吉森は問いかける。

勢津子が答えるはずはない。それでも、吉森は勢津子が何を言おうとしているかわかった。

陽一郎は自殺などする男ではない。自殺したら家族に暗い翳を落とす。陽一郎はどこかで生きている。

勢津子がそう言っている気がした。

罪を抱えて生きてきた陽一郎がなぜ、今になって死なねばならなかったのか。家庭や職場にあとの心配がなくなったと判断したからか。

いや、そんなことはない。まだまだ、陽一郎がやるべきことはたくさんあるのではないか。

文部科学大臣表彰が原因か。かつて教え子を死に追いやった自分にはそのような資格はないと考え、そこから逃げようとしたのか。

違う。そうなら辞退すればいい。公立中学校の教師だった五十代後半のときにも、表彰の機会がありながら、陽一郎は辞退した。

その辞退は、まさに教え子を死に追いやった過去を意識してのことだろう。だが、今回は受けた。

その前に、失踪する決意を固めていたから、受けたのだ。

罪の意識に苦しんでのことではない。陽一郎はその罪を償うために生きてきた。あえて苦しみを受けながら、教師としての職責を果してきた。いや、それ以上の功績を残したはずだ。

吉森は確信した。苦悩から逃げたりせず、罪の償いをしながら苦悩を乗り越えてきた。そんな陽一郎が苦悩から逃れるために、死のうとするはずがない。

では、なぜ、失踪したのか。

陽一郎がもっとも恐れることは何か。それは、自分の過去の罪業を知られることではないだろうか。しかし、誰も知らないのだ。今までのように黙っていれば、誰にもわからない。

今回、陽一郎の失踪がきっかけになって、過去を調べてはじめてわかったことで、これまで通りの生活をしていたら誰にも知られることはなかったはずだ。

陽一郎が喋らない限り、誰も知り得ない。陽一郎が喋らない限り秘密は保たれる。陽一郎が喋らない限り……。

何度もその文句を繰り返した。そして、突然、耳元で激しい落雷を受けたような衝撃を受けた。

陽一郎は、自分の口から秘密を暴露することを恐れたのだ。夢にうなされ、寝言で口ばしってしまうことを恐れたように……。

そうだ、「勢津子は息を引き取る前に君の名を呼んだ」と話したときだ。陽一郎は恐ろしいものに出会ったように顔を引きつらせた。

あのとき、陽一郎は、勢津子が心の奥底に秘めていた想いを口にしたとわかったのだ。まさに、それは陽一郎自身が恐れていたことだとしたら。

陽一郎がかつて自分の教え子と関係を持ち、別れ話のもつれから殺したことが明らかになったらどうなるか。

陽一郎のあとを継ぎ、父のような教師を目指している息子は目標を失う。いや、それ以上に殺人を犯した男の息子ということで、周囲の信頼が崩れるかもしれない。人格者であると思われていた教師がじつはひと殺しだったということに、教え子たちは精神的なショックを受けるかもしれない。陽一郎を尊敬してきた教え子たちに与える影響は大き過ぎる。

陽一郎にとっては、なんとしてでも守らねばならない秘密だった。その秘密が自分の口からもれる事態になることを恐れていたのではないか。

急いで部屋に戻り、吉森は携帯から、札幌の西田の携帯に電話をかけた。いま、授業中らしく、出なかった。

三十分後、西田から電話があった。

「すみません。授業中だったので」

「いや、忙しいところをすみません。じつは、夏川はどこか体が悪かったということはありませんか。本人は健康診断で何の問題もなかったと言っていたんだが……」

「ええ、夏川先生の体には何の問題もありませんでしたよ」

「たとえば、癌《がん》が見つかったとか」

「先生は毎年人間ドックにも入っています。まったく異状はなかったようです」

「しつこくきくが、本人が隠しているようなことは？」

「ありません。夏川先生も、自分は健康には自信があると仰っていました。ただ、歳には勝てない。物忘れが多くなったと笑っていました」

「そう、どこも悪くなかったのか」

「吉森さん。この前、奥さまが、これ以上先生を探すことはしない、だから私にも夏川先生のことに煩わされずに仕事に集中してくださいと仰いました。吉森さんも、そういうお気持ちなのですか」

西田がきいた。

「心当たりはすべて当たりました。しかし、残念ながら、何の手掛かりもなかった。ただ、夏川は自分の意志で失踪したと確信しました。だとしたら、夏川の意志を尊重してやろうという奥さんの意見に私も賛成したのです。これで、私ももうこの件で西田さんに電話をすることはありません」

「そうなんですね」

西田のため息が聞こえた。

「今、夏川の病気の有無を訊ねたのは、どこかで、ひっそりと生きているであろう夏川の健康状態が気になったからです。健康であればどこででも生きていけますからね」

礼を言い、吉森は電話を切った。

吉森は、京介に電話をして、陽一郎の失踪の動機を話そうとしたが、そんなことを告げても仕方ないと諦め、携帯を仕舞った。

5

京介は陽一郎のことを頭から追いやり、弁護士業務に精を出した。

強盗傷害事件で逮捕された室井昌彦は勾留期限が迫って、被疑者否認のまま起訴され、室井の身柄は高輪警察署から小菅《こすげ》の拘置所に移された。

室井が京介に会いたいと拘置所の係官を通して連絡してきたので接見に行った。

接見室で、室井と会った。

「何かありましたか」

「先生。思いだしたことがあるんです」

室井が身を乗り出して言う。

「三カ月前。北品川のそば屋に行ったら、主人からこの前の代金を払えっていきなり言われたんです。私はこの店ははじめてだと言っても、全然信用してくれませんでした」

「それで、どうしたんです?」

「主人が警察を呼んだんです。警察官がやってきて、すったもんだとやっていると、店員の女性が無銭飲食男の首の後ろに大きな火傷の跡のような痣《あざ》があったことを思いだしてくれたんです。私にはありません。それで人違いだとわかりました」

「あなたに似た男がいるということですね」

「そうなんです。私に似た男がいるんじゃないでしょうか」

「わかりました。そのことを検事あるいは刑事さんには?」

「まだ、話していません。まず、先生にと思いまして」

「では、私から検事に話しておきます」

拘置所を出て、東京地検の担当検事に会い、室井から聞いた話をした。

それから、新橋の居酒屋に行って、店員に話をきいた。すると、店長らしき男が、

「ふたりの帰ったあと、椅子に財布が落ちていたので、追いかけて届けたんですが、どちらのひとの財布かはわかりませんでした」

室井が被害者である半田治郎の財布を持っていたのは、居酒屋で落としたのを店長が室井に渡したためだ。言い合いになったため、室井は返しそびれて持っていたのに違いない。

翌日、担当の検事から電話があったので、検察庁に行った。

「じつは、田町にある寿司屋で食い逃げされたという訴えがあり、人相風体が室井に似ていたんです。念のために、寿司屋の主人に室井の写真を見せたところ、この男に間違いないと言ったんです。ですが、室井であるはずはありません。ずっと留置されていたんですから」

検事が説明し、

「やはり、室井に似た男がいるようですね」

と、顔をしかめた。

「ええ。それから、室井が被害者の財布を持っていた件ですが、店長が居酒屋に忘れた半田の財布を室井に渡したということのようです」

京介の話を、検事は苦い顔をして聞いていた。

数日後、京介の部屋に牧原蘭子がやって来て、

「鶴見先生。強盗傷害事件の被疑者の容疑が晴れたそうですね」

と、きいた。柏田から聞いたのだろう。

「ええ。被疑者とよく似た男が他の警察署にひったくりで捕まっていたんです。その男が伊皿子坂の強盗傷害事件を自供したんです」

「急転直下ですね」

「ええ。ほんとうに。これも被疑者の室井さんが無銭飲食の疑いをかけられたことを思いだしてくれたからです」

「それにしても、世の中には似ているひとがいるんですね」

「ええ。同時に見れば違うのでしょうが、別々に見たら同じように見えるんでしょうね」

「そういえば、鶴見さんも、写真に写っているのを夏川先生だと思ったら、違っていたそうじゃないですか」

「ええ、そんなこともありました。あれは、姿形もそうですが、その上服装が同じでしたから……」

京介はあとの言葉を呑んだ。

「どうしたんですか」

蘭子が不思議そうにきく。

ちょうど、事務員が蘭子を呼びに来て、部屋から出て行った。おかげで、邪魔されずに考えることが出来た。

先日、谷岡と話していたときのことだ。谷岡がこう言った。

「竹田城に行く前に東京に寄り、我々に会い、神戸では親友の吉森さんと会った。皆に別れを言うためだったんだ」

確かに、そのときの陽一郎はどこか寂しそうな感じだった。

だが、あのとき、谷岡の言葉に、しっくり来ないものを感じた。

今、その違和感の正体がわかった。

竹田城での陽一郎の態度だ。

陽一郎は特急で竹田駅に着くと、観光案内所に入って、案内所の女性といろいろ話している。

札幌から来たと話し、ずいぶん熱心に城のことをきいていたという。情報館『天空の城』を教えてもらい、食事の出来る処をきいている。

さらに竹田城では、ボランティアの男性にいろいろ質問をし、映画の撮影のことでも盛り上がったという。

皆に別れを告げて竹田城に行ったにしては、ずいぶん明るい雰囲気だ。まるで別人のようだ。

あのとき、事情はわからなかったが、今はわかる。陽一郎は、若き日の罪を清算するために自ら姿を消したのだ。

だから、皆に別れを告げた。

だが、竹田に現われた陽一郎にそんな翳を見ることは出来ない。これはどういうことなのか。

土曜日。京介は誰にも告げずに早朝の新幹線に乗った。

新横浜を過ぎてから、京介は写真を取り出した。出石の駐車場に停めてある車から下りた男の写真だ。ジャケットもベストも陽一郎が着ていたものに似ている。黒縁のサングラスをかけているところも同じだ。

この写真が撮影されたのは、陽一郎が竹田城に行った日の夕方だ。もし、陽一郎が竹田城の第二駐車場から車に乗って出石に向かえば、この写真を撮った時間に着くだろう。

京都から特急に乗り換え、福知山《ふくちやま》で乗り換え、五時間ちょっとかかって竹田に到着した。改札を出て、すぐ観光案内所に入る。

先日の女性がいた。

「札幌からやってきたという男性のことでお訪ねした者です」

「ああ、あのときの」

　女性は覚えていた。

「その男性のことですが、まだ覚えていらっしゃいますか」

「さあ、ずいぶん前のことですから」

「この写真を見ていただけますか」

　出石の駐車場で車から下りる男の写真をルーペとともに渡す。

「ええ、この方でした。間違いありません」

「前回、この写真を見ていただきました」

　京介は携帯の写真を見せた。

「同じ方ではないんですか」

「いえ、別人なんです。ずいぶん前のことなのでお忘れになっているかもしれませんが、どっちの写真の男性だったかわかりませんか」

「私にはふたりとも同じように思えますけど」

　女性は首を傾げる。

「この男性、サングラスは外しませんでしたか」

「サングラスですか。いえ、かけたままです」

「そうですか。じゃあ、目の横に黒子があったかどうかわかりませんね」

出石に現われた男性はサングラスを外した。丸い目の横に黒子があったという。

「わかりません」

女性はすまなそうに言う。

それから、前と同じように、『天空の城』という情報館に行った。数人の男女がいる中で、前回話をした女性に声をかけた。

観光案内所の女性と同じように写真を見比べてもらった。

「こう見ると、こっちのほうのひとだったような気がします」

そう言って、指さしたのは出石での写真のほうだった。

「どうして、そう思われるのですか」

「肩かしら」

「肩？」

「携帯のほうの男性は撫で肩でしょう。ここに来た男性はもう少しがっしりしていたように思えました」

「サングラスをかけていたのですが、目の横に黒子があったかどうかわかりませんか」

「黒子ですか。そこまでは……」

首を横に振った。

そのとき、そばで話を聞いていた別の女性が、

「黒子、ありましたよ」

と、言った。

「どうしてわかったのですか」

「そのひと、一度、サングラスを外して、ハンカチでレンズを拭いていました」

「でも、よく覚えていらっしゃいますね」

京介が不思議に思った。

「この方、しきりに札幌から来たと言っていたので記憶にあるんです。来年の雪祭りに行く予定があったので」

京介は礼を言って情報館を出た。

竹田城のボランティアの男性にも確かめようと思っていたが、もう必要はなかった。ここに来たのは陽一郎ではなかった。

わざわざ札幌から来たと強調しているのは、陽一郎を装っていたからだ。陽一郎が竹田城を訪れたあとに失踪したように見せかけるためだ。

その男は陽一郎の協力者だ。おそらく、三ノ宮から陽一郎が乗った特急『はまかぜ1号』に乗っていたに違いない。

電車の中でサングラス、帽子、ジャケットなどを交換し、協力者は竹田駅で下りた。陽一郎として、竹田城を見物するためだ。

そして、第二駐車場で待っていた車に乗りこんで出石まで行った。だが、車の運転手とは出石で別れているようだ。ココアを飲んだ店の女主人に、旅館のことをきいている。ひとりで宿泊する予定だったのだ。

これはどういうことか。たまたま、出石まで乗せてもらっただけなのか。

問題は陽一郎だ。竹田駅では下りず、そのまま列車に乗っていった。どこまで行ったのか。

『はまかぜ1号』が竹田駅に着くのは午前十一時四十三分。そのあと、城崎温泉に行くにしては時間が早い。陽一郎はもっと遠くに行ったのだ。

京介は駅に戻って、ガイドブックの地図を開く。

山陰本線に乗って鳥取方面に向かったか、それとも反対の京都方面か。あるいは途中の綾部《あやべ》で乗り換えれば舞鶴、若狭《わかさ》、すなわち福井のほうに行ける。

京介は陽一郎が福井のほうに向かったのではないかと思った。その根拠は協力者の男だ。その男は出石でココアを飲んだ店で、山形から来たと言っていたという。

「豊岡までタクシーで出て、ビジネスホテルに泊まると言って出ていかれました。明日、山形に帰ると仰って」

女主人はそう言っていた。協力者の役割は竹田城を出たところで終わっている。出石では素《す》の自分を出している。彼は犯罪に手を染めているわけではない。だから、ほんとうのことを言っている可能性が高い。

京介は豊岡に向かった。途中、八鹿駅を通った。ここに神戸支局の道野が車で迎えに来てくれて出石に行ったことを思いだす。

豊岡に着いた。何軒もビジネスホテルがあった。この中のホテルに泊まったはずだ。宿泊カードを見ることが出来れば協力者の住まいがわかるかもしれない。

だが、警察の捜査でなければ見せてはくれまい。京介はなんとか見せてもらうつもりで片っ端からビジネスホテルのフロントに向かった。


その夜、京介は三宮オリンパスホテルに部屋をとった。

そして、吉森に電話した。

「鶴見です。今、三宮のオリンパスホテルにいます」

「なに、こっちに来ているのか」

「はい。昼間、竹田に行ってきました」

「………」

「先生の居場所がだいたいわかったような気がします」

「なんだと」

吉森が驚いている。

「どこだ？」

「山形県の酒田市です」

「酒田……」

「先生の失踪には協力者がいました。勝部信彦《かつべのぶひこ》という酒田市の方です」

豊岡で、三軒目に飛び込んだホテルのフロントマンに、わけを話した。失踪した恩師を探している。その失踪に協力したひとがここに宿泊したかもわからない。そう話したら心配してくれ、特別に山形から来た六十代の男性客について問い合わせてくれ、宿泊カードを見てくれた。そして、勝部信彦という名と酒田市、それに自宅の電話番号を教えてくれた。

「ですから、先生は無事でいるはずです」

「うむ」

「迷っています。酒田に行くべきか、このまま追跡を諦めるべきか」

京介は正直に言う。

「これから、そっちに行く。ホテルの喫茶室で」

吉森は急くように言った。

吉森が駆け込むように喫茶室にやって来たのは三十分後だった。

飲み物を頼んで、

「まず、詳しい話を聞かせてくれ」

と、促した。

「はい。先生は竹田城には行っていません。竹田駅で下りたのは勝部信彦というひとです。先生に背格好が似ています」

京介は説明をはじめた。

「勝部信彦は先生が竹田城を巡ったという痕跡を記すのが目的でした。第二駐車場を出たところでわざと携帯を落とし、誰かの車に乗りました。この車の持主が勝部信彦の知り合いか、たまたま乗せてもらっただけなのかわかりません。ただ、出石で別れているので、知り合いだったとしてもそれほど深い関係だとは思えません」

吉森は強張った表情で聞いている。

「先生は竹田で下りませんでした。おそらく和田山駅で山陰本線に乗り換え、さらに綾部から福井方面に向かったものと思えます。途中、どこかで勝部信彦と落ち合い、酒田に向かったのです」

「…………」

「去年の十一月、先生はこの勝部信彦と再会したのではないでしょうか」

「そうか」

吉森は大きく息を吐き出し、

「夏川の傍には誰かがいるんだな」

「はい。ですから、失踪の理由はわかりませんが、誰かの協力を得て、自ら失踪したことに間違いはありません」

「理由はわかった」

「えっ？」

「人間は死ぬとき、本音を口にするものだ。理性で抑えていたものが臨終に際して、本能のまま、ほんとうのことを喋ってしまう。常に自分を苦しめてきたものを死ぬ間際に口にしてしまう。そのことを恐れたのだ」

「先生は重い病気に罹っていたのですか」

京介は驚いてきき返す。

「いや、どこも悪くなかったそうだ。ただ、歳のせいか、物忘れが多くなったと言っていたそうだ」

「物忘れ……」

「私だって物忘れははげしい。歳をとった証拠だ」

「でも、健康に不安があったのでしょうか」

「この歳になると、いつ何があるかわからないからな。もし、夏川が病気で倒れ、事件のことを口走ったら、残された者にとってたいへんな事態になる。そのことを恐れ、自ら失踪したのだ」

吉森は苦しそうな顔で、

「夏川は苦渋の決断をした。私の希望を言えば、このままそっとしておいてやってもらいたい。夏川の新しい人生を陰から応援してやりたい」

「…………」

「夏川が無事なら、それでよしとしないか」

吉森は諭すように言った。


吉森と別れ、ホテルの部屋に戻っても、京介はまだ迷っていた。酒田に行くべきか、吉森に言われたように追跡を諦めるべきか。

吉森によって、失踪の理由はわかったような気がする。しかし、陽一郎はまだ六十七歳だ。それに、健康だという。まだ、死は切羽詰まったものではない。決心するにはまだ早すぎるような気がした。

新しい人生をやり直すために一刻も早くと思ったのだろうか。ともかく、陽一郎は覚悟を決めて失踪したのだ。京介が追ってくることを望んでいまい。

だとしたら、このまま諦めるべきだろう。しかし、京介にはひとつわからないことがある。

柏木真名を殺した裁きを受けないまま人生を終えようとしていることが、陽一郎らしくないように思えるのだ。

真名を殺した人間は永遠にわからないままだ。それでいいのか。

真名が生きていれば、五十半ばになる。子どももいて、孫だっていたかもしれない。その人生を奪ったのに、どうして自分の家族を守るために自分ひとりで逃げ出したのか。自分が知っている陽一郎ではないような気がする。いや、教え子と関係すること自体、自分が尊敬する陽一郎ではない。

陽一郎が真名を殺したことは間違いない。その責任をとろうとしない陽一郎が、京介には卑怯に思えてきた。

真名の両親はふたりとも亡くなっている。真名は一人っ子だったから、その家族は絶えている。今さら、陽一郎が名乗り出たとしても、謝罪する相手はいない。

それでも、陽一郎はその罪から逃げてはいけないのではないか。京介は、酒田に行ってみようと思った。

6

一週間後の土曜日、新潟新幹線で新潟に行き、新津駅から羽越本線に乗り換え、酒田に着いた。

酒田港に行き、定期船『とびしま』に乗って一時間半ほどの船旅で、飛島勝浦港《とびしまかつうら》に着いた。

海風は冷たかった。飛島は周囲十キロほどの孤島で、絶好の釣り場だという。旅館や民宿もかなりあり、釣りやスキューバダイビングなどを楽しむひとがたくさん訪れる。

勝部信彦に電話をしたところ、女性の声で「『とびしま平和園』です」と応答があった。勝部信彦は園長だという。電話を切ったあとで、ネットで『とびしま平和園』を調べてみた。

認知症介護つきの有料老人ホームである。

港から緑の多い小高い丘に向かって歩いていくと、やがて白亜の建物が見えてきた。

電話に出た女性は、十月半ば頃、六十代の男性が入園したと答えた。名前や特徴は教えてもらえなかったが、陽一郎ではないかと思った。勝部信彦を訪ね、確かめる。そのつもりでここにやって来たのだが、京介は迷っていた。

陽一郎に会ってなんと言うのか。柏木真名殺しの真相を明らかにし、罪の償いをすべきだと言うのか。

しかし、罪の償いとはなにか。陽一郎は良心の呵責から生き方を改め、教育を通して多くの子どもたちを育ててきた。それだけでなく、道を踏み外しかけていた小塚良平と葉田えりかを救ったように、卒業生にも心を配ってきた。

札幌に移ってから今日までの陽一郎の功績は数えきれないほどある。しかし、人格者の夏川陽一郎は、本来の陽一郎ではない。

本来の陽一郎は若い頃の罪の意識に苛まれる人間。畏敬の念の対象である夏川陽一郎とは別人なのだ。

陽一郎は自分を守るためではなく、教師の夏川陽一郎を守るために失踪したのだ。もはや、京介が立ち入る問題ではないのだ。

それにしても、陽一郎はほんとうにここにいるのだろうか。なぜ、認知症介護つきの有料老人ホームなのか。

陽一郎は若年性認知症に罹っていたのではないか。それが、京介の結論だった。

若年性認知症は十八歳から六十四歳で発症する認知症で、六十五歳以上で発症したひとと比べ、進行が速い傾向があるらしい。

若年性認知症は認知症と気づかれないために急速に悪化しやすい。陽一郎は去年、勝部信彦と再会し、若年性認知症と指摘されたのではないか。その兆候は数年前からあったのかもしれない。

それから、失踪する準備を続けてきた。

陽一郎が恐れたのは自ら柏木真名殺しを告白してしまうことだ。他の記憶がどんどん壊れて行く中で、常に心を大きく占めてきた真名殺しの記憶だけが浮上してくる。

勝部信彦と陽一郎がどんな関係かはわからない。だが、勝部は陽一郎のために立ち上がった。

目の前の建物の中に陽一郎はいる。だが、門の前で、足はそれ以上、動かなかった。

勝部は陽一郎を守ってくれるだろう。そう実感出来た。

ここまでだ。ここまでで十分だと、京介は思った。

陽一郎との思い出に浸っているうちに目頭が熱くなってきた。

「先生、さようなら」

京介は建物に向かって頭を下げ、港に向かった。

「鶴見くん」

窓際に立った陽一郎は、建物に向かって深々と頭を下げて去っていく京介を見つめていた。

「あなたがいるのを知っていて頭を下げたんでしょうね。なぜ、引き返したのでしょう」

勝部が不思議そうにきいた。

「彼はすべてを悟ったのだろう」

「誰かに言いませんか」

「いや。言わないだろう。だから、頭を下げたのだ。私に永遠の別れを告げたのだ」

胸の底から突き上げてくるものがあった。

「鶴見くん。よくここまで来てくれた。ありがとう」

勝部宛てに、鶴見という男性から電話があったと聞いたときは動揺したが、京介が自分を探し出してくれたことがうれしかった。

よい教え子を持った。私の宝だ。陽一郎は心の中で呟いた。

まさか、自分が認知症に罹るとは思わなかった。アルツハイマー病だ。記憶の中枢である脳の海馬《かいば》に障害が現われるのだ。

それによって、新しいことを覚え、それを思いだすことが出来なくなる。アルツハイマー病の人間は海馬が害される以前の昔の記憶はよく覚えているが、新しいことは覚えられないという。

さらに症状が悪化すれば、昔の記憶も忘れる。そうなればいい。問題はそこまで行かない段階で、あのことを口走るかもしれないことだ。

柏木真名を殺した。真名とは彼女が中学校を卒業してから付き合いだした。親の不仲を相談に来てから、よく会うようになった。私を信頼しまっすぐに私を見つめる澄んだ瞳が美しかった。心の中で結婚を打算的に考えているのがすけてみえる三人のガールフレンドとは違った。純粋に私を求めてくれた。そんな真名が愛しかった。

彼女の将来を思って、別れ話を持ちだしたとき、真名は笑った。大久保のラブホテルに陽一郎を誘い、別れないと言った。もし、それでも別れると言うのなら、先生に暴行されたと学校に訴えると喚いた。

別れるのがお互いのためだと言い聞かせても、真名は聞き入れなかった。そして、陽一郎の決心が固いと知ると、いきなり悲鳴を上げて部屋を飛び出し、七階の非常階段に出た。そこで、大きな声で喚き出した。

必死で取り押さえようとしているうち、暴れる真名の体が階段をすべり落ちた。悲鳴とともに真名の体が消えた。

下を覗くと、真名がうつ伏せで倒れ、頭から血を流していた。

そのときの情景や真名の体を押さえつけているときの感触は、四十年経った今でも鮮明に残っている。

不慮の事故だが、病弱な母を思うと自首は出来なかった。

いつか警察がやってくる。その不安におののく毎日だったが、真名の同級生の柳田政幸が捕まった。柳田がよくあとをつけてくるのを知っていた。真名に、柳田と付き合ったほうがいいと何度も言ったが、真名は聞く耳を持たなかった。

柳田を罪に陥れてまで自分が助かろうとは思わなかった。柳田を助けるために自首しようと覚悟を決めたとき、柳田の疑いが晴れた。

陽一郎は自首をとりやめた。だが、いずれ捜査の手が自分に伸びてくる。そう思ったが、ついに警察が陽一郎に目をつけることはなかった。

陽一郎は真名殺しから逃げ果《おお》せた。だが、罪の意識から逃れることは出来なかった。夢にうなされた。

母の世話をするためもあり、東京を離れ、札幌に移ることにした。罪の意識から逃れるために教師生活に没頭した。

教師としてここまで名声を得ることが出来たのは自分ひとりの力ではない。妻秀子の支えがあってのことだ。同じ教師の立場から常に的確な助言をし、くじけそうになれば励ましてくれた。

良心の呵責に苛まれながらも、秀子のおかげで今日までやってこれた。彼女を失望させるような事態になることだけは避けたかった。

「去年、君に会わなかったら、どうなっていただろう」

陽一郎は私学の懇親会の会場を出たところで、偶然に勝部信彦と会った。

勝部は江戸川南中学校時代の同僚だった。その後、教師を辞め、介護士になっていた。

「うむ。あのときは驚いた。若年性認知症の症状が見てとれた」

自分でもおかしいと思っていた。少し前から誤字、脱字が増え、計算もあやしくなった。判断力も低下した。最初は歳のせいだとばかり思っていた。

勝部の指摘で、家族には津和野に旅行に出かけると言って、ここにやって来たのだ。診察の結果、アルツハイマー型の若年性認知症だと診断された。

それから、なんとか他人をごまかしながらやってきたが、ついに失踪を実行したのだ。

「妻にはすまないと思っている。記憶があるうちは家族の幸せを祈りながら、真名の供養をして暮らすよ。私が過去の記憶をすべて失ったら、家族に知らせてほしい」

「わかった。そのときは、竹田城で認知症の症状が出て、自分が誰だかわからなくなって、ここに辿り着いたと説明しておきましょう」

「頼みます」

吉森にはどう伝えてもらうか。京介には……。

陽一郎はだんだん頭が重くなってきた。確実に自分の脳の神経細胞が死滅していっているのだと思った。

解説

小梛治宣

総務省の推計によると、日本の六十五歳以上人口は、三三八四万人で、総人口に占める割合は、二六・七％（二〇一五年九月十五日時点）だそうである。三・八人に一人が高齢者というわけだ。一九四七〜四九年の第一次ベビーブーム期に生まれた「団塊の世代」の人たちも、そのすべてが六十五歳以上となった。日本は、まさに超高齢社会の真っ只中にある、といえる。本作を動かしていくのも高齢者の仲間入りをしたばかりの、人生を振り返る秋《とき》が訪れた団塊の世代の人たちである。

さて、本作は若手弁護士鶴見京介が活躍するシリーズの七作目となる。今回は、白熱した裁判のシーンこそないが、それに代わって京介自らが身近な人物の「事件」に直面し、その解決のために奔走することになる。

京介の恩師が、同級生の谷岡茂明と共に彼の職場に訪ねてきた。札幌中央第二中学校の二年、三年の時の担任であった夏川陽一郎だ。夏川は、文部科学大臣優秀教職員表彰に推薦され、その受賞がほぼ内定していた。毎朝新聞記者の谷岡はその取材を兼ねて、同行していたのでもあった。

夏川は城巡りが趣味で、休暇をとって、天空の城として名高い竹田城へ行く途中、京介のもとを訪ねてくれたのだった。神戸で大学時代の親友、吉森祐三に会い一泊して、翌日竹田城へ行き、次の日は丹後半島から天の橋立まで足を延ばす予定らしい。

ところが、三ノ宮の駅から吉森に見送られて竹田城に向かった夏川陽一郎は、竹田城の駐車場に携帯電話を残したまま行方を絶ってしまったのである。事件・事故に巻き込まれた可能性は低い。とすると、自らの意志で姿を隠したのであろうか。だが、人一倍家族を大切にし、仕事にも責任感の強い夏川が、誰にも連絡してこないのはおかしい。鶴見京介は、尊敬する恩師、夏川の失踪の原因を追究していく。

まず京介は、夏川が最後に会った吉森祐三の住む神戸へ向かった。夏川は、色白の二枚目で学生時代から女の子によくもてたという。それに対して、吉森はごっつい男で、二人は好対称であった。大学卒業後、夏川は東京江戸川区の公立中学の国語の教師となったが、学生時代からのガールフレンドも多く、生徒の母親から言い寄られたことも何度もあったらしい。

ところが、二十七歳のとき突然、学校を辞めて、札幌に帰ってしまう。独り暮らしの母親の体調が思わしくなかったためだ。札幌で三十年間公立中学の教師を務め、その後乞われて荒れていた私立高校に入って十年、そこをみごとに立て直した。札幌に帰って以後の夏川は、まさに模範的な非の打ち所のない「教師」としての人生を歩んできたといえる。その結果が、文部科学大臣優秀教職員表彰であった。

京介は夏川が東京で暮らしていたころの恋人、あるいは彼が捨てた女性に、竹田城で再会して、その女性と一緒にどこかへ行ったのではないかと、自らの大胆な推理を吉森に語ってみたが、そこまで激しく付き合っていた女性はいなかったと否定される。仮にいたとしても、女性の方もすでに六十を過ぎているはずで、いまさら二人でどこかへ行こうという情熱も湧かないだろう。

ただ一つ、可能性があるとすれば、夏川が若いころに女性を妊娠させたが、捨てたか、その事実を知らぬまま別れたとする。その母子に再会したとしたら……。だが、吉森によれば可能性は、きわめて低いということになる。夏川の失踪は偶発的なものではなく、自らの意志で、一人で姿を消したのではないか。時間が経《た》てば必ず帰ってくるはずだと、吉森は言うのだ。札幌に戻ってからの模範的な教師としての生き方は、彼が望んでいた人生ではなかったのではないか。

吉森は次のように言う。

「もしかしたら、彼は自由になりたかったのかもしれない。一切のしがらみを捨て、地位名誉、家族をも捨て、ほんとうの自分に戻りたかったのではないか」

さらに続けて、

「私たちは人生の最終コーナーに入った。そこで、こう思ったのだ。残された僅かな人生は自分のために使おうと」

吉森の、この言葉は、同世代の者ならば多かれ少なかれ納得できるのではなかろうか。今の地位を得るために、犠牲にしてきたものの大切さを改めて思い返すからである。だが、そうではあっても、京介には師の夏川が、自ら失踪するような無責任な人間であるとはどうしても思えないのだ。京介は、夏川の足跡を追って、吉森と会った翌日竹田城へ向かった。

しかし、夏川が間違いなく竹田城を訪ねていたことは確認できたものの、その足跡は、携帯電話の落ちていた駐車場でぷっつりと消えてしまっていた。ここで、誰かの車に乗ったのか？　その誰かとは？　夏川の教え子ということも考えられる。その教え子が、彼に恨みを抱いていたとすると、夏川の身が危険でもある……。

本書の読み所の一つは、教え子（京介）と大学時代の親友（吉森）、それぞれの視点から失踪した夏川陽一郎の人物像が、重層的に描き出されている点にある。片や尊敬する教師としての顔、片や二枚目で複数の女性と同時に付き合うほどにもてて、よく遊んでいた若き日のプレイボーイとしての顔。教え子にとっては、教師という職業は、夏川の「天職」とみえ、親友にとっては「意に反して進んだ道」とみえた。いずれが、夏川の実像であり虚像なのか。失踪の謎を解く鍵も、そのあたりにありそうである。

その謎を解明すべく、京介は恩師の過去に踏み込んでいく。二十七歳で札幌に帰る直前、夏川には「同時に」付き合っていた女性が三人いた。手掛かりは、その内の一人が、当時高田馬場に住んでいて、久美子という名前だったということのみ。あとの二人は名前すら分からない。しかも四十年も前のことだ。果たして見つかるのか。生存していたとしたら、どのような暮らしをしているのか。夏川と別れたあと、どのような人生を送ったのか。さらに、彼女たちの口からどのような夏川の実像が語られるのか。

といった具合に、この「昔の恋人」を京介が丹念に捜していくあたりも興趣が尽きず、法廷シーンに代わる本書の、もう一つの読み所となっている。昔の恋人捜しの一方で、但馬の小京都と呼ばれる出石の風景を撮った写真の一枚に、出石城の駐車場の車から下りた男が写っているが、それが夏川そっくりだ——という情報が新聞記者の谷岡からもたらされた。京介は、早々に現地に出向いたが人違いだった。一見本筋に関係なくみえる、この「人違い」が、謎を解く鍵の一つになっていたのだ。このあたりに、作者の伏線の張り方の妙技をみることができる。

伏線といえば、夏川が失踪する前の晩に吉森と会食していた折に、吉森が、五年前に妻の勢津子が「息を引き取る前に、君の名を呼んだ」と語る。三人とも大学時代に同じゼミだったのだ。その一言が、夏川の顔を一瞬引きつらせる——という箇所があるが、このシーンの真に意味するところがのちに分かったとき、おそらく読者は愕然《がくぜん》とするはずである。かくいう私もそうであった。

さて、京介のもとに、夏川が私立の高校に赴任して二年目の卒業生に、彼に恨みをもっていると思われる男女の不良がいたという情報がもたらされた。この二人は、夏川が竹田城に行くことも知っていた。京介は、二人が一緒に住んでいるアパートに向かったが、姿を消していた。二人は夏川の失踪にかかわりがあるのか。さらに、夏川の過去を追ううちに、ある悲劇的な「事件」が浮かび上ってきた。しかも、この事件に関係した「第四の女」の影が……。錯綜《さくそう》する糸を一本ずつほぐしながら、京介は、失踪の驚くべき真相に、一歩一歩近づいていく。だが、それは京介を苦しめることにもなった。

失踪を扱ったミステリーは少なくない。小杉健治の敬愛する松本清張にも「失踪」「失踪の果て」（いずれも一九五九年）というタイトルに「失踪」の入った短編があり、定年という駅路を主題にした失踪ミステリーの名作、「駅路」（一九六〇年）という作品もある。作者の代表作の一つである『父からの手紙』（光文社文庫）も、失踪した父親から二人の子供に毎年手紙が届くという設定の出色の失踪ミステリーであった。だが、本作は、これらの失踪ミステリーとは、ひと味もふた味も違った、これまでに類例のない失踪ミステリーと言ってもいいのではなかろうか。懐の深い小杉健治の世界をじっくりと味わっていただきたい。

（おなぎ・はるのぶ　日本大学教授、文芸評論家）

集英社文庫

失《しっ》　踪《そう》

2016年４月25日　第１刷
2019年10月23日　第２刷

定価はカバーに表示してあります。

著　者　小杉健治《こすぎけんじ》

発行者　徳永　真

発行所　株式会社　集英社
東京都千代田区一ツ橋2-5-10　〒101-8050
電話　【編集部】03-3230-6095
　　　【読者係】03-3230-6080
　　　【販売部】03-3230-6393（書店専用）

印　刷　株式会社 廣済堂

製　本　株式会社 廣済堂

フォーマットデザイン　アリヤマデザインストア　　マークデザイン　居山浩二

ISBN978-4-08-745435-2 C0193